Un coup de pied dans la poussière

Du même auteur

Après l'équateur, Éditions Gallimard, 2014.

Le bruit du monde
68, rue de Rome
13006 Marseille
contact@lebruitdumonde.com

ISBN : 978-2-38601-037-8
Dépôt légal : février 2025

Baptiste Fillon

Un coup de pied dans la poussière

Roman

le bruit du monde

Pour ma mère et mes fils.

Je suis passé parmi eux en étranger, mais nul d'entre eux n'a vu que je l'étais. J'ai vécu parmi eux en espion, mais personne – pas même moi – n'a soupçonné que je l'étais[1].

Fernando Pessoa,
Le Livre de l'intranquillité

1. Fernando Pessoa, *Le Livre de l'intranquillité*, traduction de Françoise Laye, Christian Bourgois éditeur, 1999.

PROLOGUE

Ce roman s'inspire de faits réels qui se sont déroulés tout au long du XXe siècle.

Fuyant les pogroms et les guerres de la vieille Europe, mes personnages arrivent en Palestine mandataire, alors sous administration britannique, durant la troisième et la quatrième *aliyah*, qui se tiennent respectivement de 1919 à 1923 et de 1924 à 1928. Ces vagues de migration drainent plus de cent mille personnes, essentiellement des Juifs d'Europe de l'Est.

Les personnages de ce livre forment ainsi une famille de ce qu'on appelle en Israël des « pionniers ». Ils fondent et habitent un *moshav* où vivent aujourd'hui encore certains de leurs descendants. Ce *moshav* est une implantation agricole divisée en plusieurs parcelles de terrain égales, chacune possédée et gérée par une famille.

Ce faisant, les personnages deviennent des membres à part entière du *yishouv*, la communauté des Juifs présents sur ce territoire que les pionniers sionistes considèrent comme « Eretz Israël » – la terre promise par Dieu à Abraham, Isaac et Jacob, qui couvre les anciens royaumes d'Israël et de Juda.

Centrée sur le travail, leur vie de pionniers est encadrée par la Histadrout, puissant syndicat des travailleurs juifs fondé en 1920, qui joue un rôle primordial dans la formation en 1930 du Mapaï, parti ouvrier et sioniste lui-même à l'origine de la Haganah, milice d'autodéfense juive où le héros et son frère sont enrôlés durant les années trente.

Ces repères posés, il est temps de laisser place à la fiction.

*

L'Europe cherche à s'entendre avec Hitler, se soulage à Munich, alors qu'en Palestine mandataire, Arabes et Juifs s'affrontent. Ces derniers sont soutenus par les Britanniques, administrateurs du territoire. Insurrection, révolte, soulèvement, guerre… c'est chaotique et aussi sanglant que des hommes en armes s'affrontant sur la terre qu'ils convoitent ou refusent de perdre.

Zeev marche en tête. C'est le chef, comme lorsqu'ils étaient enfants. Nissan le suit avec les sept autres membres de l'escouade. Bon nombre se connaissent depuis leur plus jeune âge ; Zeev progresse vite, en quête d'un épuisement qui ne vient pas.

Ils croisent des fermes, les parcelles de terrain délimitées au cordeau et achèvent leur traversée du *moshav* pour aller patrouiller dans le maquis des environs, où des pionniers ont signalé la présence de rôdeurs. Ils longent les murs d'une fermette, couverts de bougainvilliers ; une odeur sirupeuse traverse la nuit, une haleine de terre sèche, de sève et de pollen.

L'escouade quitte le village, s'enfonce en rase campagne en s'orientant à la lueur de la lune. Leurs chausses fouillent les herbes hautes, qui crissent comme de la limaille – le seul bruit qu'ils perçoivent avec les échauffourées des oiseaux dans les chênes et leur propre souffle. Le claquement des ailes de chauves-souris les fait parfois sursauter.

La chemise de Nissan colle à son dos et ses aisselles. Il a travaillé à la ferme tout le jour, des courbatures sifflent dans ses cuisses et ses reins. Il marche sans espoir d'une halte, afin de ne pas se relâcher. Zeev ordonne de mettre sac à terre. Ils se trouvent sur un promontoire qui domine une petite plaine en dénivelé, où luit un marigot. Ils mangent des tomates et du pain mouillé d'huile d'olive ; cet arrêt ne convient pas aux exigences d'une mission furtive, mais il semble écrit qu'ils ne croiseront pas d'intrus, cette nuit-là. Et la vue sur la vallée de Jezréel est magnifique.

Appuyé sur son fusil, crosse au sol, Zeev désigne le ciel, nomme des constellations. Les hommes se frottent le visage, l'un d'eux étouffe un bâillement et cligne des yeux. Zeev harangue ses semblables, sa voix les redresse ; tout ce qu'il évoque devient décisif, ses silences pèsent comme des élévations.

Lui et Nissan possèdent le même corps de plus d'un mètre quatre-vingts, leste et avachi, surmonté d'un visage rectangulaire aux grands yeux ronds et aux pommettes fortes. Zeev commence à perdre ses cheveux. Nissan l'envie, lui qui est certain d'être dans son bon droit, comme s'il avait lu dans le livre du destin qu'il combattait pour la justice. Nissan en doute depuis qu'il a participé à la destruction de villages de paysans arabes, rasé au bulldozer leurs maisons de torchis. Malgré les propositions de dédommagements et les ultimatums, ces gratte-cailloux analphabètes ont refusé de quitter les terres qu'ils cultivent depuis aussi longtemps que porte la mémoire des hommes.

Soumis aux ordres, Nissan a tiré par les pieds des femmes accrochées au sol à s'en casser les ongles, devant leurs enfants et leurs maris impuissants. Il en a vomi, cauchemardé.

– Allons-y, camarades ! s'écrie Zeev.

Les membres de l'escouade se lèvent dans le cliquetis des armes jetées sur l'épaule. Au petit matin, ils abordent le *moshav* par un sentier abrité sous une voûte d'arbres d'où tombent des peluches laiteuses ; le chemin longe un champ récupéré depuis peu par les *moshavniks*.

Zeev ralentit l'allure, fléchit les jambes ; ses hommes et Nissan l'imitent. À une vingtaine de mètres, attaché à une souche, un âne piaffe, frappe le sol avec ses sabots noircis comme des ongles gâtés. Zeev ordonne de s'arrêter. Non loin, un vieil Arabe au visage prolongé d'une barbe couleur d'os, tête nue, s'active dans le champ. Deux besaces pendent sous ses bras ; il les remplit de légumes, qu'il déterre à mains nues. Sous la lune, le monde est noir ou blanc, le vieillard ressemble à une figurine en bois clair. Il a travaillé ce champ avant qu'il soit saisi par les Juifs et vient reprendre ce qu'il a cultivé. Zeev saisit son arme.

– En joue, murmure-t-il.

Les hommes épaulent, sauf Nissan, qui ne parvient pas à y croire. Les culasses des Mausers claquent. Zeev répète son ordre. Nissan donne un coup de pied dans la poussière, qui volette dans la lueur de la lune, et lâche son fusil. L'arme chute en causant un fracas de boîte métallique.

Zeev s'approche de son frère, le fixe avec des yeux immenses :

– Qu'est-ce que tu fous ? hurle-t-il, en russe.

– Je ne tire pas sur les vieux, répond Nissan, terrifié.

Zeev l'aurait peut-être assassiné s'ils s'étaient trouvés seuls – une balle, un accident. Nissan place les mains en corolle autour de sa bouche.

– Dégage ! hurle-t-il au vieil homme.

L'Arabe se redresse, cherche son âne, abandonne et s'enfuit à travers champs.

– Tirez ! s'écrie Zeev.

Nissan se bouche les oreilles, des étincelles jaillissent de la gueule des fusils et le vieux s'écroule. Zeev pose son arme, se jette sur Nissan ; ils se battent comme des frères, sans scrupules à faire mal, à coups de poing dans le visage, de genou dans les côtes et les parties. Un direct dans la gorge enfonce le larynx et suffit à tuer sur le coup, ils le savent. Zeev tente d'enfourcher Nissan, qui le déséquilibre d'un coup de paume à la tempe ; Nissan fond sur lui, lance un crochet qui brise le nez de son frère, le sang gicle sur le visage et la poitrine de Zeev ; Nissan tente de le cogner à nouveau mais Zeev saisit sa main et la retourne, lui brise un doigt. Nissan charge, tête en avant, Zeev le balaye. En retombant, Nissan se foule la cheville. L'âne du vieil Arabe assiste au pugilat, immobile.

Les membres de l'escouade séparent les deux frères en frappant Nissan. L'un d'eux propose de les amener à l'infirmerie du *moshav* mais Zeev insiste pour qu'on les dépose chez eux et qu'on y fasse venir le médecin.

– Et le corps du vieux ?

– Plus tard.

Zeev sectionne l'entrave de l'âne avec sa baïonnette, l'animal reste où il se trouve, les regardant partir ; deux hommes soutiennent chacun des frères.

– Tu mériterais qu'on t'abandonne ici, pour que tu te fasses bouffer par les chiens sauvages.

Nissan se tait, songe à une phrase lue dans un roman russe, prononcée par un personnage désespéré, disant que l'existence vous confronte toujours aux situations que vous vous efforcez d'éviter.

Il repense au vieil Arabe, à son corps d'ancêtre qui a donné la vie, conté des histoires, embrassé des enfants. Le voilà désormais roulé dans un sillon, buvant la lune par la bouche, dans l'attente des charognards.

– Je vais t'égorger ! hurle Nissan.

La nuit ne rend pas d'écho, c'est l'heure du silence, quand les animaux savent le miracle du matin tout proche. L'un des hommes s'avance pour gifler Nissan.

– Non, c'est à moi de le corriger, dit Zeev.

– Quand tu veux, espèce de fasciste, répond Nissan.

– Les déserteurs, il faut les passer par les armes, lance une voix jeune et grave.

Nissan redoute qu'un homme lui attache les mains et le mène à l'écart pour le fusiller. Zeev parle, s'échauffe, Nissan ne l'écoute plus, le visage cramoisi de son frère l'effraie.

Ils pénètrent dans le village au rythme des claudications de Nissan. Zeev réclame qu'on l'exécute sur la place du village ; Nissan tremble de rage, il a chaud, sait que personne n'osera le tuer maintenant qu'ils se trouvent dans le *moshav*.

Les deux frères s'insultent de plus belle. Les villageois se cachent derrière les volets de leur ferme pour les voir passer. Tout le monde se connaît. La honte sur la famille.

*

Ruth s'est levée depuis peu. Sa journée débute avant l'aube, avec celle des bêtes. Elle a mal dormi, comme toujours lorsqu'elle sait ses fils en patrouille. Yakov – son mari – et Esther – sa fille aînée – se trouvent à l'étable, ils traient. Dina – la fille d'Esther – dort encore.

L'angoisse de Ruth grandit à l'approche du jour, ses fils sont censés rentrer. Elle entend grossir un bruit de pas lourds : trop de jambes là-dedans pour qu'il s'agisse seulement de Zeev et Nissan. Peut-être des *moshavniks* allant prêter main-forte à un fermier, pour sarcler ou vêler puis brûler le cadavre d'un veau mort-né. La brucellose sévit en ce moment.

Le bruit s'intensifie jusqu'à ce que la porte d'entrée s'ouvre en claquant contre le mur ; Zeev pénètre dans la maison, flanqué de deux hommes, le visage marbré d'hémoglobine.

– Et Nissan ?

Ruth songe à une embuscade arabe, son plus jeune enfant mort pour rien. Nissan apparaît, accroché au cou d'un *moshavnik*, la cheville grosse comme un genou ; Ruth porte la main à son cœur, soulagée.

On lâche Nissan, qui s'écroule sur le plancher ; Ruth s'accroupit et tente de l'asseoir, dos contre le mur.

– Aidez-moi, voyons ! On ne va pas le laisser allongé ! s'écrie-t-elle.

Un colon l'assiste, Nissan se laisse faire en s'appuyant sur les coudes.

Ruth se précipite vers la porte de derrière, l'ouvre.

– Esther !! Yakov !!!

De petits pieds claquent, une fillette pénètre dans la pièce en se frottant les yeux ; elle sanglote, serre contre son ventre une poupée en chiffons.

– Retourne dans ta chambre, Dina !

Les pleurs de la fillette redoublent : sa grand-mère ne lui parle pas comme cela d'habitude. Yakov et Esther entrent dans la maison, ramenant avec eux une odeur de paille souillée et de fumier. Esther relève son fichu, glissé sur le front.

– Va recoucher ta petite, ordonne Ruth.

– Qu'est-ce qui se passe ? lance Esther, sans avoir entendu sa mère.

– Va recoucher ta petite, dit Yakov.

Esther saisit Dina par la taille et la soulève, malgré les protestations de la fillette qui jette sa poupée sur le sol. Yakov la ramasse, la tend à Esther, qui s'engouffre dans le couloir menant aux chambres à coucher.

Zeev fait signe à sa mère d'approcher une chaise pour Nissan ; on entend toujours les pleurs de Dina, étouffés.

– Expliquez-nous ce qui se passe.

Les *moshavniks* se regardent.

– Vas-y, David, tu parles bien, dit Zeev à un brun dont la tête paraît trop petite pour ses épaules.

Esther revient dans la pièce, les manches retroussées, le front plissé. David rejoue la scène : Zeev ordonne de tirer sur le vieil Arabe, Nissan refuse, ils se battent.

– On a dû les séparer… Ils se seraient entretués sinon.

Ruth se tourne vers ses fils :

– Mais pourquoi ?

– On te l'a dit ! Ce con n'a pas voulu tirer !

Esther lève la main.

– On se calme, vous allez me décrire à nouveau comment ça s'est passé.

Chacun son tour, les membres de l'escouade relatent une nouvelle fois l'incident et répondent aux questions d'Esther. Ruth se rend dans la cuisine ; elle ouvre un placard, d'où elle sort des torchons et une bassine, qu'elle remplit en la plongeant dans un tonneau où l'on recueille l'eau de pluie. Elle nettoie le visage de Nissan, ses mains, fait de même avec Zeev, qui grimace lorsqu'elle décrasse son nez.

– Il faut les conduire chez le médecin… ils sont blessés ! dit-elle, en russe.

– Ils ne sont pas à l'agonie, on est d'accord ? lance Esther.

– Non, répond timidement sa mère.

– Dans ce cas, laisse-nous finir…

Bras croisés, Esther écoute les paysans-soldats, scrute les bouches, l'expression des visages, afin de soupeser la teneur des mots, de déjouer les dissimulations. Soudain, elle se rue sur Nissan et l'empoigne par le col.

– Tu me veux quoi, Rosa Luxemburg ? demande-t-il.

– Tu es un lâche, un traître… tu n'as rien à faire sous ce toit, ni au *moshav*…

Esther gifle Nissan, qui ricane.

– Il faut le traduire en cour martiale, dit Zeev, se tenant le nez comme s'il s'assurait de son existence.

– Tu ne peux pas faire ça à ton frère ! s'écrie Ruth.

– C'est la procédure !

Yakov enfonce les mains dans ses poches et arpente la pièce sans un mot. Nissan toise Zeev, jamais il n'aurait cru son frère capable de telles paroles. Il baisse la tête, concentre son attention sur sa cheville oblique et s'évanouit.

*

Zeev quitte le *moshav* la veille du passage de son petit frère en cour martiale. Il regagne son affectation, non loin d'Afoula, après avoir consigné son témoignage par écrit. La cour se réunit à l'école d'agriculture pour filles, dans une grande pièce vert d'eau, qui sent l'humus et le bois infesté.

Le procès débute aux aurores. Par la fenêtre, les nuages couleur d'émail s'effrangent dans le ciel d'hiver. Nissan a bien dormi, il redoute la justice des hommes, l'infamie, la honte. Face aux juges, il s'agit de faire preuve de contrition et de parler peu. C'est ainsi qu'on attire la clémence et qu'on les conforte dans leur bon droit.

Les deux juges sont jumeaux, des colons fondateurs du village, compagnons de route des deux sœurs de Nissan. Malka, la plus jeune, lui manque, il regrette de ne pas l'avoir suivie à Tel-Aviv. Les juges discourent sans nerfs, comme s'ils avaient épuisé toutes les morales et les indignations. Les trilles des oiseaux sauvages et les criaillements de basse-cour scandent leurs réquisitions.

L'un des juges ouvre une chemise cartonnée, dont il sort des fiches qu'il lit à haute voix. Il s'agit du témoignage de Zeev, qui dépeint Nissan comme un déserteur, un adversaire de leur peuple. Les membres de l'escouade défilent à la barre ; chacun confirme la version de Zeev, répond à la cour avec la déférence et l'empressement de ceux qui sont situés dans le *bon camp*.

Nissan se fait violence pour ne pas les interrompre, hurler qu'ils ont raison et les supplier d'en finir. À l'annonce de la sentence, Nissan doit se lever, les juges parlent longtemps avant de lui signifier son exclusion de la Haganah. Un homme en uniforme le pousse devant lui et le mène dans un bâtiment voisin, où il signe des formulaires, puis on l'assoit dans une pièce, seul, où il patiente jusqu'à ce qu'on le laisse partir aux heures les plus chaudes du jour. Il n'a rien mangé depuis la veille au soir. Un goût de lait tourné dans la bouche.

Nissan regagne la ferme. Personne ne l'attend ; la famille travaille. Comme il entre dans la cour, son père vient à lui, une fourche à la main.

– Aide-moi à faire les foins.

Nissan le suit dans la grange. Le paternel pique et jette la paille ; Nissan fait pareil, plus lent, sa main et sa cheville le font encore souffrir. Au fil de la journée, la fatigue se mue en écrasement, Nissan va parfois boire au puits, à même le seau.

Esther pénètre dans la grange à la tombée de la nuit. Sitôt qu'elle aperçoit Nissan, elle marque un temps d'arrêt, plante les yeux au-dessus de lui pour ne pas le voir, adresse une remarque à leur père au sujet du bétail et s'en va. Yakov saisit la fourche de Nissan, la jette dans un râtelier avec la sienne.

– Allons dîner, je vais te réchauffer du ragoût.

*

Écarté des patrouilles et des manœuvres militaires, Nissan a plus de temps pour dessiner. Grâce aux indications de sa mère, il remet la main sur ses vieux carnets de croquis, laissés dans une malle pleine de vêtements datant de leur vie en Europe. Il les feuillette mais n'y trouve rien de bon.

Nissan bâcle la traite du matin pour aller dessiner en rase campagne, assis dans les lentisques, sur le sol brûlant. Le soleil chauffe le papier de son carnet, sèche la mine de ses crayons ; il reproduit les bêtes, les crevasses, les forêts et les étangs. Pas les hommes. Il travaille des heures, il en ressort la tête lourde, comme après une nuit de voyage.

Il rentre au coucher du soleil, dîne seul ou avec ses parents puis se retire dans sa chambre, s'assoit sur son lit, se remet à l'ouvrage, affinant les textures des ombres, le grain des ciels et des pentes. Souvent, il s'endort sur son cahier, la tête contre les pages, comme s'il les écoutait.

Seuls ses parents et sa nièce Dina lui adressent la parole. Certains jours, Esther refuse qu'il travaille à la ferme et le lui fait savoir par leur mère. Il arrive que les pionniers l'insultent et le menacent mais Nissan fait le sourd. Un jour qu'il passe devant la coopérative, un groupe de colons l'attrape, le moleste et le jette au sol.

– Casse-toi d'ici, Van Gogh.

– On va te couper l'oreille !

Un type pose le pied sur l'abdomen de Nissan, un autre agite une machette au-dessus de son oreille, pendant qu'on lui maintient les bras et les jambes. Un de ses agresseurs a fait partie de l'escouade de Zeev, la nuit du meurtre du vieil Arabe, il a même porté Nissan jusqu'à la ferme. La poussière pénètre dans les oreilles de Nissan, sa ceinture s'enfonce dans son bassin, le type à la machette s'empare de son carnet, le balance par terre et le tranche en deux, d'un coup de lame.

– Je vais te crever ! hurle Nissan.

Le garçon à la machette le gifle, les autres s'esclaffent.

– On se casse.

Ils s'éloignent, frappant dans l'air, rejouant la scène ; Nissan se redresse, s'agenouille et ramasse les deux moitiés de son carnet, ses dessins mutilés. Son cerveau palpite à en faire mal, la rage lui donne une migraine assommante, il s'imagine déchirer ses bourreaux à mains nues.

De retour à la ferme, Nissan trouve sa mère à la cuisine, occupée à émincer de gros poivrons qui craquent sous le tranchant de son couteau. L'entendant approcher, Ruth se retourne, les mains pelliculées d'une humeur orange.

– Tu es déjà là ?

Maculé de poussière, bruni, Nissan ne répond pas. Elle comprend.

– Qui t'a fait ça ?

– Tous, vous m'avez *tous* fait ça.

Ruth enlace la tête de son fils ; elle sent le paprika, l'ail et l'huile d'olive.

– Mon petit…

Elle répète ces deux mots, le berce puis va chercher une bassine d'eau claire et un chiffon propre. Elle époussette son fils, le nettoie, l'eau de la bassine prend une teinte safran.

Ruth va préparer du thé, qu'ils boivent à la russe, un sucre entre les dents, puis Nissan montre à sa mère son carnet de dessins massacré.

– Quelle honte, soupire-t-elle en se passant la main sur le front.

Son impuissance fait pitié à Nissan.

– Il faut que ta sœur intervienne.

– Esther ne fera rien pour moi.

Ruth détourne le visage pour ne pas montrer ses yeux ; Nissan saisit les deux moitiés de son carnet, les ausculte.

– Maintenant, j'ai deux fois plus de dessins ! dit-il avec un rictus qui relève un coin de sa bouche.

Sa mère sourit en hochant la tête, ressert du thé ; Nissan lisse les feuillets froissés, détache les plus endommagés, jette au feu ceux qui sont irrécupérables. Ruth se remet à la cuisine, évoque les récoltes, le repas, médit sur les gens du *moshav* ; Nissan ricane pour la contenter. Il songe au fusil caché dans la remise, se demande s'il est chargé et lequel de ses agresseurs il tuerait en premier. Il espère avoir le temps de se suicider avant d'être abattu, s'imagine répandre de l'essence dans la cache d'armes, mettre le feu, tout faire sauter. Sa mère se plaint de Malka, qui ne lui écrit pas assez à son goût.

Nissan l'interrompt :

– Maman, j'ai peur d'assassiner quelqu'un.

Ruth se retourne, un trait de tension sépare ses sourcils.

– Tu blagues pour savoir si je t'écoute, hein ?

– Non, je vais le faire.

Elle s'essuie les mains sur son tablier, prend une chaise et s'assoit devant Nissan.

– Il faut que tu quittes le *moshav*.

– Mais pour aller où ?

– Loin d'ici… un endroit où tu as de la famille… à Tel-Aviv !

Nissan lève les yeux au plafond, sa mère lui prend la main.

– Tu vivrais chez Malka. Son mari a des relations. Il te trouvera une place.

– Je ne sais pas…

Nissan contrarie sa mère pour lui soutirer du réconfort.

– Je te rendrai visite de temps en temps.

– Zeev et Esther te l'interdiraient.

Ruth se replace sur sa chaise.

– Je suis leur mère, je n'ai pas de comptes à leur rendre.

Elle marque une pause.

– Pour la ferme, ne t'inquiète pas.

– Tu sembles soulagée à l'idée que je parte.

Ruth incline la tête.

– Oui, pour être franche…

Les doigts de sa mère sur les siens causent une gêne qu'il fait durer.

– … mais ça me déchire l'âme.

Quand elle relève la tête, Nissan voit qu'elle pleure, il la serre contre lui.

– Maman, je suis désolé de ne pas savoir vivre comme on l'attend de moi.

DIX-NEUF ANS PLUS TÔT

1

La Première Guerre avait cessé, les traités se négociaient à l'Ouest. Les armées rouge, verte et blanche laminaient ce qui avait été la Russie impériale, de Saint-Pétersbourg à Kiev, de Moscou à la Crimée. Les bataillons se formaient, s'éparpillaient, semant la terreur et la mort sur des fronts erratiques, couvrant des milliers de kilomètres. Ruth et Yakov avaient choisi de rester à Kherson, leur ville, le temps que Ruth mette au monde leur dernier enfant.

Un soir, un liquide s'écoula du sexe de Ruth, en perles sur le plancher ; elle crut d'abord qu'il s'agissait d'urine, mais cela n'avait pas d'odeur. Elle perdait les eaux.

Le jour de son quatrième et dernier accouchement était venu. Pour ses trois premiers enfants, le travail n'avait pas duré plus de six heures. Elle jeta un regard sur la montre de gousset pendue à un clou, au-dessus de la porte du salon. Ruth identifia les craquements silencieux des os, la déformation de son corps livrant place au bébé. La douleur s'enfonça dans ses jambes, ses reins et appuya sous son diaphragme ; elle allait s'ouvrir. Le nouveau-né s'appellerait Dina s'il s'agissait d'une fille et Nissan si c'était un garçon. Ruth avait statué après avoir laissé ce privilège à Yakov pour leurs trois premiers enfants.

– Qu'il vienne vite, qu'il sorte…

Ruth ne supportait plus sa grossesse, son ventre énorme, ses jambes enflées, cette responsabilité de renfermer une chose plus précieuse que soi.

Yakov était sorti pour trouver de la nourriture. Elle maudit cette coïncidence et son mari ; la colère la divertit de la douleur pour un temps. Elle regarda dehors *via* une lucarne recouverte d'un carré de flanelle, son seul accès au monde extérieur ces derniers mois ; des baraques obliques se trouvaient sur le trottoir d'en face, leur inclinaison épousait la pente de la route.

Ruth prit appui sur les avant-bras, prête à pousser ; son quatrième enfant lui volait ses entrailles. Une nouvelle contraction arriva, un flux de chaleur passa dans sa carotide, un frisson enserra ses nerfs et ses trapèzes. Elle pleura, contenant ses cris pour ne pas effrayer Zeev, son fils de cinq ans, resté dans la pièce voisine, dont les fenêtres avaient été voilées à l'aide d'aubes en coton, afin de le dissimuler aux tireurs embusqués, aux pillards et aux rôdeurs. Des vagabonds kidnappaient les enfants pour les dévorer, disait-on.

Entre ses dents, Ruth proféra des insultes pour ne plus entendre le mal jouer dans son corps ; elle mordit dans son gilet en laine afin de réprimer ses gémissements.

Elle se jura de n'alerter ni Zeev ni Mme Zazak, la voisine. Zeev aurait paniqué et la vieille Zazak aurait insisté pour lui faire boire une de ses tisanes de serve montée à la ville. Ruth se méfiait d'elle : la Zazak restait une paysanne ukrainienne et ces gens abhorraient les Juifs. Ruth regretta ses filles, émigrées en Palestine ; tout aurait été plus simple avec Esther et Malka.

Elle se laissa glisser du guéridon jusqu'au sol, poussa de nouveau ; sa tête se mit à tourner, des disques luminescents voletèrent dans son champ de vision. Sous les battements de son cœur, qui se propageaient jusqu'à son bas-ventre, elle sentit celui de son bébé. Le mal s'oubliait un peu quand elle expirait profondément.

Elle fixa son attention sur un petit pantin en bois appartenant à Zeev, jeté face contre sol, bras et jambes ouverts. Plus aucun bruit ne venait de la chambre de son fils ; le petit devait dormir.

Ruth saigna. Paniquée, elle écrasa sa robe sur son sexe, cacha ce qui pouvait l'être. Le tissu se gorgea d'une lymphe rosée ; elle craignit pour sa vie et appela son fils ; la porte de la chambre de Zeev s'ouvrit avec fracas, le petit apparut, plus grand que les enfants de son âge, la chevelure noire et épaisse – son père en miniature.

Il trouva sa mère assise par terre, les cheveux tombés sur le visage. L'écoulement à l'entrejambe de Ruth coagulait, le saignement se tarissait. Incroyante, elle remercia le ciel alors qu'une nouvelle contraction monta ; elle demanda à Zeev d'approcher, saisit sa main ; les doigts de son fils blanchirent sous la pression mais il ne dit rien. Hirsute et sanguinolente, sa mère lui faisait peur.

– Va chercher Mme Zazak !

Zeev détala, ses chaussures pilonnèrent le plancher. Une contraction irradia dans l'utérus de Ruth, gagna son abdomen et ses jambes, elle ferma les yeux et des comètes s'agitèrent dans le noir. Tremblante, elle s'allongea, attendit la fin de la douleur.

*

Yakov longeait une enfilade de théâtres et de cabarets aux portes et aux fenêtres démantibulées. Il avait faim. Des hurlements lui parvenaient, le bruit d'une bouteille explosée contre un mur le fit tressaillir. Il pressa le pas, s'éloigna.

Il songea à ses filles, qu'il regrettait de ne pas avoir suivies en Palestine ; il craignait pour elles mais savait qu'elles vivaient mieux qu'à Kherson.

Dans l'arrière-boutique d'une épicerie, il mit la main sur du poisson séché, si salé qu'il miroitait comme le quartz – de quoi nourrir la famille pour deux jours, trois si Yakov se contentait d'un repas.

Son attention fut attirée par un tronçon de moulure en plâtre, noirci par les flammes, jeté en travers de la route. Elle représentait des angelots, des tresses d'acanthe et des paniers de fruits. Il s'accroupit et la contempla en se souvenant de l'époque où les gens faisaient patiemment la queue devant une boulangerie.

La poussière en suspension troublait l'horizon, le ciel et la terre se confondaient dans une tourbe bleutée, avivée par les lueurs chaudes du printemps. L'écho de ses pas lui donnait l'impression d'être suivi ; Yakov dissimulait ses poissons séchés sous sa blouse, nouée autour de son buste à l'aide d'une corde en chanvre. Il se tenait à bonne distance des palissades et des ruelles dérobées : transporter de la nourriture le mettait en danger de mort.

Il suivit une avenue bordée de peupliers, le vent apportait l'odeur de la mer Noire, fade et moite. Il s'arrêta devant une épicerie emplie d'étals et de cageots désossés ; les mouches fouillaient un tronc humain coincé entre des chaises et une caisse enregistreuse dont les touches avaient été arrachées ; une balance aux plateaux d'étain trônait sur un meuble foncé par le feu. Une voix d'homme retentit. Yakov crut à une hallucination.

– C'est ici... viens par là...

Yakov tourna la tête et reconnut Adamson, un ancien client des lieux, vêtu d'un long manteau en peau troué dont les poches décousues pendaient sur ses cuisses.

Amaigri, les cheveux blanchis, Adamson brandissait un chandelier dont la flamme vacillait.

– Bienvenue en mon humble demeure, lança-t-il à Yakov, dans une révérence.

La femme et les deux filles d'Adamson les observaient depuis l'embrasure d'une porte située derrière lui ; Yakov leva la main pour les saluer. Sans se retourner, Adamson leur ordonna d'aller préparer du thé.

– Et faites bouillir l'eau deux fois !

Il invita Yakov à pénétrer dans une pièce encombrée de paquets, de meubles dissimulés sous des draps, de coffres et d'objets métalliques. Les deux hommes prirent place sur un divan rouge, tendu de serge élimée.

– J'ai envie de te faire un cadeau.

Adamson tendit à Yakov un pot de cornichons au vinaigre, Yakov lui offrit un poisson salé. La femme d'Adamson apporta un samovar, servit un breuvage qui dégageait un parfum de lavasse à la sauge. Yakov n'osa pas demander s'il s'agissait vraiment de thé.

Quand la femme d'Adamson quitta la pièce, ce dernier annonça à Yakov que lui et sa famille s'apprêtaient à quitter Kherson pour Kishinev, en Bessarabie, à environ quatre cents kilomètres de là. Il dit cela en se touchant le front, pour se porter bonheur.

– Nous partons dans trois jours.

Cela s'annonçait périlleux : sur les routes, des cohortes de soldats débandés exécutaient les Juifs. Pour rallier Kishinev, il comptait longer la côte puis obliquer dans les terres, après Odessa. Deux semaines de marche, s'ils dormaient peu.

– Toi et ta famille, venez avec nous, vous n'avez plus rien à faire ici.

– Non, nous partirons quand Ruth sera remise. Nous avons une semaine de vivres.

Yakov mentait. Adamson hocha la tête et dit comprendre son choix. Lui aussi mentait. Il tira un papier d'une poche de son pantalon et le tendit à Yakov.

– Voici les personnes qui pourraient t'aider, si tu décidais de te rendre à Kishinev.

Yakov le remercia et se leva ; ils se souhaitèrent bonne chance, Adamson le raccompagna.

– Crois-tu qu'on aurait dû émigrer en Palestine, comme tes filles ? lança-t-il en déverrouillant les trois cadenas qui fermaient sa porte d'entrée.

– Je ne sais pas.

Yakov sortit avec soulagement. Restée au ciel, une lumière cendreuse assombrissait la ville. Yakov accéléra le pas, évita les personnes qui erraient dans Kherson, hagardes, consternées d'avoir vu le jour.

Yakov avisa un homme couché au milieu de la chaussée, face contre terre. Il s'accroupit et le secoua, sans obtenir de réaction. Yakov le retourna. Les yeux écarquillés, la peau jaunâtre, l'inconnu arborait un sourire extatique ; Yakov sentit une odeur de pourriture, approcha le nez de sa bouche et comprit aussitôt. Il lâcha le cadavre, qui rendit un bruit mouillé en retombant sur le sol. Yakov s'éloigna, s'agenouilla auprès de la première flaque qu'il trouva et s'y lava les mains.

Sitôt arrivé sur le seuil de chez lui, Yakov entendit les gémissements de sa femme ; il se précipita dans le salon, où il découvrit Mme Zazak au chevet de Ruth.

– Emmenez Zeev, dit la vieille, gravement.

Yakov embrassa sa femme sur le front, sentit sa peau chaude et humide, ses nerfs tétanisés, l'odeur du sang. Ruth passa les mains sur la joue de son mari.

– Prends Zeev avec toi, supplia-t-elle.

Zeev jouait avec un train en bois, dans un coin de la pièce, dos à la scène. Yakov prit son fils par la main et l'emmena dans sa chambre.

Entourée de gamelles et de torchons imbibés d'eau refroidie, souillée, Mme Zazak psalmodiait des incantations pour des saints auxquels elle seule croyait. Elle retira la main qu'elle avait glissée en Ruth.

– Il n'y en a plus pour longtemps.

Yakov et Zeev sculptèrent un visage de nouveau-né dans une bille de frêne, au couteau. À quelques mètres de là, Ruth hurlait, appelant la vie ; Zeev observait son père ouvrager le bois, concentré sur ses gestes afin d'oublier que son cœur frappait fort sous ses côtes.

Père et fils listèrent les animaux que Noé n'avait pas recueillis sur son arche : chevaux ailés, licornes, cynocéphales, minotaures, serpents à vingt têtes, renards bleus et un scarabée parleur, capable de traduire aux hommes la langue des bêtes.

Zeev posa la tête sur la cuisse de son père et s'assoupit. Quand il se réveilla, Yakov avait disparu, la nuit était tombée et le silence régnait. Paniqué, il se rendit dans la pièce où se trouvaient sa mère et Mme Zazak. Une odeur de transpiration et de blessure reflua dès qu'il ouvrit la porte.

Mme Zazak rassemblait des gamelles emplies de glaires rougeâtres ; elle s'adressa à Zeev avec une intonation si mielleuse qu'il ne comprit pas ce qu'elle disait. Son père était assis au milieu de la pièce, auprès de sa mère, couchée, la main sur le ventre, la tête enfoncée dans un polochon jauni, sa chevelure répandue en couronne, huileuse. Yakov tenait un animal rose enveloppé dans un drap, au visage d'homme réduit, et dont les yeux fouillaient la béance du monde.

– Zeev, voici ton frère, il s'appelle Nissan.

*

Les jours suivants, Ruth dormit sans interruption entre les tétées. Zeev se jura de protéger sa mère et son frère ; il tailla un gourdin en pointe et s'exerça en éventrant un fauteuil mis à la cave. Les palpitations de la fontanelle de Nissan l'horrifièrent, si bien qu'il refusa de prendre son petit frère dans ses bras, se contenta de caresses sur les pieds, du bout des doigts. Il l'observait durant ses siestes, si attentivement qu'il sursautait quand Nissan était pris d'une de ces convulsions par lesquelles un bébé continue de chercher la paroi du ventre de sa mère.

Ruth retrouva des forces et l'appétit. Un jour sur deux, Yakov lui cédait sa part de nourriture, sans le lui avouer.

*

Nissan venait d'avoir trois semaines. Ruth le cala sur son épaule pour le faire roter. La bouche brillante et grasse, le nourrisson soufflait une odeur de crème, ses deux petits bras posés sur le dos de sa mère. Saoul, repu, il s'efforçait de lever la tête. Yakov l'observait, sans savoir si son dernier fils était un malheur ou une bénédiction.

– Tout va bien ? demanda Ruth.

– Il est temps de quitter la ville, répondit Yakov.

– C'était donc cela, ton air de perdu.

– Sans doute.

– Quand devons-nous partir ?

– Le plus tôt possible.

Il fallut quarante-huit heures pour faire les bagages et constituer des provisions ; Mme Zazak vint en aide à Yakov. Il réussit à se procurer une carriole qui ferait office de véhicule le jour et d'abri la nuit. Elle serait emmenée par Tonnerre, un vieux cheval pommelé, couleur de givre sale, que Yakov se félicita de ne pas avoir sacrifié.

Pour le dernier dîner avant le départ, Mme Zazak prépara un ragoût de pattes de poule. Ruth, Yakov et Zeev mangèrent sur leurs genoux, dans des assiettes en terre cuite.

– Demain, mes neveux vous attendront devant chez vous. Ils vous conduiront aux limites de l'oblast... Une fois là-bas, ils vous indiqueront la route la plus sûre vers Odessa, dit Mme Zazak.

Elle promit de faire suivre leur courrier, s'il en arrivait.

– Kherson subit la justice divine, et nous l'endurons pour elle... C'est la ville du péché, la cité de l'impératrice catin et de son mignon Potemkine, lança-t-elle à la fin du repas.

Ruth désigna Zeev et Nissan qui dormaient sur le divan, bouche ouverte.

– Nous devons nous coucher tôt, dit-elle.

Mme Zazak finit rapidement son assiette, leur souhaita bonne nuit, avant de s'en aller, les bras chargés de vaisselle sale. Yakov et Ruth attendirent que sa porte d'entrée claque avant de se parler :

– Je ne sais pas si nous avons eu raison de nous fier à elle pour organiser notre départ.

– Est-ce qu'on avait le choix ?

2

La déclaration Balfour redonna un peu d'espoir aux Juifs qui songeaient à gagner le Proche-Orient. Esther et Malka arrivèrent au début de la troisième *aliyah*, pour tout recommencer.

Elles débarquèrent à Haïfa avec les marmailles braillardes, les familles tombées des *shtetls* et les colons de leur âge, à peine majeurs. Aron les accompagnait ; Esther et lui s'étaient mariés un an plus tôt afin de convaincre leurs familles de les laisser gagner Eretz Israël.

Deux jours après leur arrivée, ils quittèrent Haïfa pour l'intérieur de la Galilée, avec d'autres pionniers. Sur la route, ils pointaient du doigt les bergers menant leurs bêtes à flanc de colline, les Bédouins drapés dans des capes, les femmes cachées sous de longs voiles et les villages arabes, druzes, juchés sur des promontoires. C'était *Les Mille et Une Nuits*, un tableau d'Orient devenu réel. Esther pleura de joie.

Après deux jours de marche sous la canicule, ils s'engouffrèrent dans la vallée de Jezréel. L'un de leurs compagnons de route montra trois tentes blanches, posées sur un îlot de boue, mouchetées de chiures : le futur *moshav*, un campement de fortune cerné de palmiers rachitiques, enfoncés dans l'eau croupie. Ils examinèrent les feuilles ligneuses et dentelées de l'arbre le plus grand ; Aron y débusqua un gecko qui disparut au creux de l'écorce. Des essaims de moustiques bruinaient sur la végétation vivace qui s'épanouissait au bord des fondrières, dont des buissons de cactus lacérés d'escarres. Cette terre qui ne séchait pas dégageait une flatulence soufrée, comme si elle couvait des charognes.

Rien ne bougeait dans les tentes ni autour. Aron poussa un cri pour s'annoncer mais ne reçut pas de réponse ; comme il s'époumonait de nouveau, un homme sortit d'une tente, vêtu d'une blouse et d'un pantalon brunis par la boue. L'inconnu sauta sur place, décrivit des moulinets avec les bras et six autres personnes apparurent aussitôt, saluèrent les arrivants, puis accoururent vers eux ; tous s'enlacèrent et s'embrassèrent, sans se connaître.

Ils ouvrirent les caisses et les sacs que les nouveaux venus apportaient, remplis d'instruments de drainage, de pioches, de pelles, de boîtes de halva, de conserves, de romans, de manuels d'agronomie, de couvertures et de quinine.

Au crépuscule, le nombre de tentes et la superficie du camp avaient triplé. Un vent froid courait dans la vallée, secouait les toiles. Ils creusèrent un trou dans lequel ils allumèrent un feu, s'assirent autour, puis distribuèrent la nourriture tandis que les premières étoiles apparaissaient. Un pionnier joua des chansons en hébreu à la guitare, la plupart des nouveaux venus ne les comprenaient pas mais les reprenaient en chœur.

Aron, Esther et Malka discutèrent avec les colons. Citant Marx, Tolstoï et Herzl, ils avaient l'impression d'initier l'émancipation du peuple juif. Jadis poètes sans idéal, professeurs, pharmaciens, étudiants, artisans ou boutiquiers, les pionniers avaient choisi de s'installer en Palestine pour accomplir ce qu'on avait interdit à leurs aïeux pendant des siècles : posséder et faire rendre la terre. Le corps fortifié par les travaux de la ferme et des champs, parlant leur langue millénaire, les nouveaux Hébreux regagnaient le pays des ancêtres pour y vivre en hommes et femmes libres.

Malka alla se coucher aux premières heures de la nuit. Aron et sa sœur restèrent auprès du feu ; Esther s'endormit sur l'épaule de son mari, qui la porta dans la tente, à bout de bras, comme le soir de leurs noces.

Ils commencèrent à travailler dès le lendemain, avec le jour, en drainant le sol. Couvert et frais, le temps était idéal pour le gros œuvre. Aron descendit dans un trou d'eau stagnante, jusqu'aux genoux. Au bout de quelques instants, il ressentit une gêne qui s'accentua et gagna toute la partie immergée de son corps. Seuls ses pieds étaient protégés par des gaines en cuir. La gêne se transforma en pincement puis en douleur continue, multipliée ; Aron tenta de remonter, s'accrocha aux parois du gouffre mais s'y enfonça jusqu'au coude. Il décrocha des blocs de glaise, qu'il empila pour former un promontoire sur lequel il se hissa afin de s'extraire du trou. Il releva son pantalon et découvrit le bas de ses jambes infesté de bandeaux de soie sombres, attachés à sa chair par des bouches rondes, bavant un jus pourpre. Il en saisit un et l'écrasa dans son poing ; la chose dégorgea du sang. Une fois qu'il eut détaché les bestioles une par une, il découvrit qu'elles avaient dessiné des anneaux rosés sur sa peau.

– Te voilà baptisé par les sangsues, camarade ! lança un colon.

Ils aménagèrent leurs tentes, disposèrent des planches autour du pilier de soutènement, pour faire office de table et d'écritoire. Lorsqu'il pleuvait, l'eau gouttait à travers la toile, répandant une odeur de hardes humides.

Un matin, Malka aperçut un groupe d'Arabes qui gravissait le flanc de la vallée ; leurs pas faisaient ruisseler des veinules de pierres. À l'arrière, un homme aidait un vieillard à progresser, lui tenant la main. Lors du repas qui suivit, Malka évoqua les Arabes :

– Ils nous observent, lança Moshé, un pionnier arrivé en même temps qu'elle, sa sœur et Aron.

– Il dit vrai, ajouta Déborah, une fille à la chevelure rousse taillée au rasoir, et je crois qu'ils ne comprennent pas ce que nous fabriquons là, mais ils n'osent pas nous le demander.

– S'ils me posent la question, je leur dirai qu'on va couvrir Eretz Israël de fleurs et de vergers ! s'écria Esther, joyeuse.

– Les Arabes voudront récupérer cette terre quand nous l'aurons transformée en jardin ! Préparons-nous au pire… comme à Jérusalem et à Jaffa quand ils ont massacré les nôtres, dit Déborah.

– Nous saurons nous défendre, ajouta Moshé.

Ils grelottaient la nuit et cuisaient le jour, lorsqu'une chaleur fétide jaillissait du sol. Les nuées d'anophèles brouillaient l'horizon, infestaient les marais et les bras d'eau agonisants, que les colons s'efforcèrent de combler en y déversant des caillasses et du sable.

On oublia de distribuer la quinine. Moshé tomba malade le premier. La malaria. Moshé trembla, mourut et mourut encore, dans des transes d'opiomane qui lui arrachaient une voix tonitruante, comme s'il braillait à travers son sternum.

On fit venir le médecin le plus proche, installé à une journée de marche. Il s'agissait d'un grand homme maigre, blond vénitien, aux bras élancés qui lui arrivaient presque aux genoux. Il jurait comme un moujik, insultait les éléments et maudissait la vermine qui assaillait les hommes.

Il organisa la distribution de quinine, coupée au sucre et au cacao pour atténuer son amertume. Il resta trois semaines auprès des pionniers ; les deux tiers de la communauté furent infectés, dont Esther et Malka. Moshé mourut. Sa veuve regagna la ville. Une jeune pionnière fit de même, le lendemain, après avoir enterré son frère.

Dans les tentes où l'on dormait à trois ou quatre, les colons se relayaient auprès des moribonds, prononçaient des prières d'athées et ne sortaient que pour pleurer. Esther et Malka déliraient, se voyaient cracher du feu sur Kiev et Saint-Pétersbourg, parcourir des pandémoniums épouvantables où des spectres les écartelaient. La fièvre retombait au petit matin. Lucides, elles partageaient leurs visions et leur crainte de périr la nuit suivante, sans avoir revu leurs parents, quand la fièvre les reprendrait. Aron les veillait.

Les travaux du *moshav* cessèrent, faute de bras. Le mal ne refluait pas mais plus personne ne fut contaminé. Bientôt, les transes d'Esther s'espacèrent, elle commença à recouvrer ses esprits plus longuement. Revenue de ses transports, elle prit le relais d'Aron au chevet de Malka, laquelle monologuait dans une langue incompréhensible, ponctuée de diphtongues slaves et de gutturales hébraïques.

Malka se rétablit du jour au lendemain.

– Le paludisme s'engourdit mais ne se guérit pas, expliqua le médecin, avec son allure de branche grêle.

Esther resta sujette aux fièvres et aux vertiges encore une semaine. Les deux sœurs se lurent *Guerre et Paix* en se moquant de Napoléon, de Koutouzov et de leur monde décrépi, mené par des exploiteurs de droit divin s'étant juste donné la peine de naître.

La malaria tua encore quatre hommes et deux femmes, qu'on inhuma sans cérémonie religieuse, loin des tentes. Les célébrations du soir reprirent, les colons chantèrent et dansèrent pour fêter leur survie, montèrent des pièces de théâtre, qu'ils répétaient après le travail. Ils débutèrent par *Le Songe d'une nuit d'été*. Esther jouait Titania et Malka Hermia, à la place de l'actrice initialement choisie, laquelle se préparait à donner naissance au premier sabra de l'implantation.

La représentation se déroula dans la plus grande tente du *moshav*, au crépuscule. La lueur du couchant allumait la toile d'un orange irisé, une haleine rousse flottait dans la tente, mêlant la poussière levée par le piétinement et le charbonnage des feux de camp. Esther et Malka furent très applaudies.

Un concours de déclamation suivit la pièce ; on laissa en place le décor de forêt vert tendre constellée de pommes écarlates, dessiné à l'aide de tourbe et de crayons. Esther remporta le premier prix en prononçant un passage du *Discours sur l'origine et les fondements de l'inégalité parmi les hommes*.

*

Quand ils exploraient l'arrière-pays, parfois guidés par les *fellahin*, les colons revêtaient un *thoab* et un foulard, comme les autochtones, afin de se prémunir de la canicule et du khamsin. Auprès des Arabes, ils s'approvisionnaient en fruits, légumes, viande et vêtements. Les pionniers assimilèrent des rudiments de leur langue – de quoi négocier, saluer et prendre congé. Les marchands et les paysans arabes vendaient leur marchandise à un prix inespéré, quand les colons trouvaient de quoi se ravitailler à bon compte tout en s'évitant le scorbut.

L'hiver arriva et le givre s'attacha aux tentes, plantées dans une terre incassable. Des pneumonies se déclarèrent, on craignit la tuberculose ; les malades crachaient une humeur sanguinolente, leur poitrine sifflait ; un petit groupe de colons abandonna l'implantation pour la ville.

Quand la brume verglaça les couvertures dans les tentes, un pionnier emmena sa femme enceinte s'abriter dans une boulangerie communautaire qui travaillait pour les *kibboutzim* des environs – le seul local chauffé de la vallée. Esther, Malka, Aron et les autres *moshavniks* les y suivirent.

Cela devint une habitude lorsque les rigueurs empêchaient le travail. La communauté se rassemblait dans ce réfectoire où la chaleur sentait le pain sorti du four et le sucre cuit. Les colons y rencontrèrent des *kibboutzniks* également réfugiés là. Installés sur des bancs en bois, ils buvaient du café, du thé ou du chocolat préparés avec de l'eau au goût de bidon. La lumière crue des néons révélait la pâleur des visages séchés, creusés par la fatigue ; celui d'Esther se réduisait, ses pommettes s'aiguisaient, les arcades d'Aron saillaient sous sa peau, accentuaient la pente de son front et Malka avait le teint blême des enfermés.

Le premier enfant sabra naquit. On composa des chants et des poèmes en son honneur. Le petit survécut, et d'autres après lui. Les cas de malaria décrurent, le drainage épuisa les marécages et les bras d'eau inertes, le futur *moshav* ressemblait maintenant à une plaine retournée.

Les colons entreprirent de refondre l'éducation et l'amour. Ils inculquèrent aux petits sabras des règles d'entraide, de partage et d'équité. Mais les enfants continuèrent de se mordre pour un quignon de pain, d'échanger des claques ou de se lancer du sable dans les yeux pour un bâton. Voyant cela, Esther et Aron abandonnèrent l'idée d'avoir une descendance.

Le travail façonnait des hommes vigoureux et musclés, dont Malka refusait les avances. Elle se culpabilisa, se crut incapable de tomber amoureuse, d'avoir l'envie de fonder une famille et de faire souche. À force, elle passa pour une frôleuse.

*

Esther et Malka restèrent sans nouvelles de la famille pendant des mois. Le seul journal qu'elles purent consulter leur apprit le début du mandat français sur le Liban et la Syrie, la mort de Lénine. Elles étouffèrent l'angoisse en s'abrutissant de travail. Un soir, une lettre leur parvint de Kishinev. À l'intérieur d'un paquet doublé, cacheté à la colle forte, elles trouvèrent une lettre manuscrite :

Si vous lisez ces mots… Si par miracle, ces phrases vous arrivent…

Elles reconnurent l'écriture de leur mère. Un message confit de précautions, que Malka lut et relut à voix haute, debout dans la tente : Ruth et Yakov étaient parvenus à Kishinev après un périple de trois semaines sur les routes d'une contrée en guerre et livrée à la famine. Ils vivaient en paix, le petit Nissan avait vu le jour, juste avant le départ de Kherson, lui et Zeev se portaient bien. À chaque lecture, les deux sœurs vivaient un supplice d'impuissantes, témoins à rebours des terreurs de la famille. *J'attends de vos nouvelles*, écrivait Ruth, en conclusion de sa lettre.

Malka rangea soigneusement la missive puis dansa avec sa sœur, main dans la main ; leur tête frotta contre la toile de la tente, dont elles ébranlèrent les piliers, manquant de la faire s'effondrer, ce qui déclencha le grand rire grave d'Aron.

Elles ne trouvèrent pas le sommeil, cette nuit-là. Elles sortirent et regardèrent l'aube écraser peu à peu la nuit, serrées l'une contre l'autre.

3

Le monde issu de la Première Guerre avait jeté sur les routes Juifs, Arméniens, Assyriens et Russes blancs… Issues de pays dispersés, de nations décimées et d'empires engloutis, un demi-million de personnes se virent octroyer un passeport Nansen et le statut d'apatrides. Ruth et Yakov purent en obtenir pour eux et leurs fils.

Nissan effectua ses premiers pas à Kishinev, capitale de l'un des pays hérités de 14-18, qui accueillit bon nombre de ces citoyens de nulle part. Les mains sur le banc d'un jardin public, il lâcha prise, s'élança et fit trois enjambées chancelantes. Yakov le souleva, le félicita en écrasant sa joue de baisers ; Nissan le repoussa, importuné par sa moustache. Yakov le posa et le petit effectua quatre nouveaux pas puis tomba sur les fesses, dans les graviers et les bourgeons. Le ciel menaçait de crever, gagné par les nuées jaunâtres d'un orage. Yakov hissa son fils sur ses épaules et ils rentrèrent vite quand le vent se leva, soufflant une odeur de bouche assoiffée.

*

Quand Nissan eut quatre ans, Ruth résolut d'adresser une photo de la famille à Esther et Malka. Le jour de la prise de vue, Ruth apprêta Zeev et Nissan, les habilla en petits marins à scapulaire, les coiffa et les épousseta.

– Vous devez être beaux comme des princes.

Nissan ignorait qui étaient ses sœurs et ce qu'était une sœur. Les parents évoquèrent deux grandes filles parties au-delà des mers, auxquelles lui et son frère ressemblaient beaucoup.

Blond dans une famille de cheveux sombres, Nissan s'échafauda une origine prodigieuse d'héritier de royaume perdu, imagina ses véritables parents réfugiés sur un continent magique et sans misère, privés de moyen d'entrer en contact avec lui.

Pour la photo, la famille se rendit chez un certain Radu, dont la boutique abritait un petit studio, plafonné d'une verrière filetée de métal. La famille prit la pose devant un décor en lavis taupe. Moustache lissée à la cire, Yakov portait une cravate perforée d'une épingle, sur une chemise blanche amidonnée ; son costume d'occasion accusait la morphologie de son ancien propriétaire, moins large d'épaules. Les cheveux de Ruth se plaçaient d'un seul tenant au-dessus de son visage égayé de rose aux joues, sa robe flottait sur son corps menu ; la dernière grossesse avait limé ses formes. Elle et son mari échangèrent des œillades moqueuses en désignant leurs fils, compassés dans leur tenue de parade.

Après la photo de famille, chacun d'eux posa séparément. Nissan passa le dernier, dut croiser les bras, appuyer l'épaule contre un rocher en carton-pâte, en tâchant d'ignorer les grimaces de Zeev. Le flash claqua trois fois et ce fut tout.

Nissan découvrit sa photo quelques jours après : celle d'un chérubin albinos dans une attitude théâtrale de poupon viril et rêveur. Il pleura, refusa de se reconnaître.

*

Kishinev avait peu changé depuis 1903 et le pogrom qui a inspiré à Bialik son plus grand poème. Esther et Malka en avaient retranscrit les derniers vers dans une lettre à leurs parents :

Il suffit maintenant.
Enfuis-toi, homme, enfuis-toi pour toujours,
Cours au fond du désert et deviens fou,
Mets en pièces ton âme,
Jette dehors ton cœur pour les chacals,
Laisse ta larme tomber sur les pierres ardentes
Et que ton cri soit englouti par l'ouragan[1].

1. Chaïm Bialik, « La ville du massacre », dans l'ouvrage collectif *Anthologie de la poésie yiddish – Le miroir d'un peuple*, traduction de Charles Dobzynski, Éditions Gallimard, 2000.

En Palestine, le monde était aussi *jeune* qu'elles, écrivaient les deux sœurs. On n'y entendait plus « sale Juif » et les colons y vivaient du travail de leurs mains, libres. Esther et Malka dépeignaient l'arriération des campagnes arabes, la malaria bientôt éradiquée, le travail d'arasement par quarante degrés sans ombre, le bienfait de l'épuisement physique et la fierté d'appartenir à l'élite des pionniers sionistes. Elles incitaient les parents à les rejoindre : les petits frères pouvaient vivre là-bas, le *moshav* comptait déjà plusieurs enfants et les colons bâtissaient une école.

Lorsqu'ils recevaient une lettre de leurs filles, Yakov et Ruth s'enfermaient dans la cuisine. Avant de l'ouvrir, ils échangeaient des blagues, s'inventaient les nouvelles les plus invraisemblables – Malka enceinte de triplés, Esther devenue reine d'une tribu de Bédouins – avant de se faire la lecture à tour de rôle.

Zeev et Nissan patientaient dans le salon en faisant mine de jouer. Si les nouvelles étaient rassurantes, Yakov sortait de la cuisine au bout d'une dizaine de minutes et relisait la lettre à ses fils. Si elles n'étaient pas bonnes, les parents restaient enfermés plus d'une heure et la famille soupait en silence, tard dans la soirée.

Un soir, Ruth et Yakov restèrent cloîtrés dans la cuisine près de deux heures. Nissan finit par frapper à la porte.

– J'ai faim !

Des bruits de pas se rapprochèrent, la porte s'ouvrit sur Ruth qui poursuivait Yakov en répétant le mot *aliyah*.

– Je suis prêt à faire mon *aliyah*, moi, dit Zeev.

– Moi aussi, mais seulement si on voyage en avion.

– C'est impossible !

Nissan n'en démordit pas, Zeev non plus, et les deux frères se battirent, si bien que Ruth et Yakov durent cesser leur querelle pour les séparer.

*

La famille occupait un appartement situé au cinquième étage d'un immeuble édifié sous les empires, une enfilade de pièces étroites et hautes comme des oratoires, débouchant sur un grand salon qui semblait volé au logement voisin.

Yakov et Ruth recevaient pour shabbat. Le voisin, Arménien rescapé des Turcs, leur prêtait des chaises qu'ils disposaient contre les murs. Il y avait tant de monde qu'on mangeait debout ou sur ses genoux. Une fois rassasié, Zeev se retirait dans sa chambre pour lire et rêvasser à sa vie d'avant, avec l'espoir de retrouver Kherson, un jour ; Nissan restait auprès de Ruth, écoutait les invités commenter en russe ou en yiddish la conduite licencieuse des jeunes gens, le prix des denrées alimentaires et les progrès des enfants. Quand on s'adressait à lui, Nissan enfonçait le visage dans le ventre de sa mère.

Il y avait toujours quelqu'un pour jouer Chopin ou Schubert sur le vieux piano, don d'une riche famille de la ville chez qui Ruth donnait des cours de français. Une fois les petits couchés, on se souvenait des pogroms, des enfants éplorés, des femmes attachées, jambes écartées sous les assaillants, et des hommes qui luttaient, armés de pieds de chaise et de tisons.

Pour Hanoucca et Pourim, la famille se rendait à la synagogue, une bâtisse vanille aux allures de gare, sise dans une étroite rue passante, aux pavés irréguliers. Yakov insistait pour y aller régulièrement, trop souvent au goût de Ruth.

– Tu as tourné bigot, lui disait-elle.

*

Yakov rechercha Adamson des mois durant. Il se fit passer pour un frère à la recherche de son aîné, tenta d'interroger des réfugiés criméens qui lui fermèrent la porte au nez ou lui répondirent du bout des lèvres, le soupçonnant d'être un espion soviétique. Il écuma les cafés, même ceux où les femmes donnaient des surnoms aux clients, alla trouver de petites frappes qui l'envoyèrent sur des friches abandonnées et sonda un cénacle de poètes ivrognes qui lui déblatérèrent des oracles sur l'irrémédiable chute du monde.

Les indications d'un rabbin menèrent Yakov chez un Adamson trop jeune, voûté, au teint d'insomniaque. Il habitait une masure qui sentait le tabac et les bouchées au miel, avec quatre enfants aux yeux bleus. L'inconnu se révéla incapable d'aider Yakov, qui abandonna ses recherches à la suite de cette déconvenue.

À la même époque, Mme Zazak cessa de répondre aux lettres.

*

Yakov reprit son métier de bourrelier dans un atelier aménagé par ses soins au rez-de-chaussée de l'immeuble où vivait la famille. Il travaillait en sifflotant les valses de Strauss, les seuls morceaux de musique sans paroles qu'il appréciait. Nissan le regardait faire en confectionnant des figurines avec les chutes de cuir, lui apportait ses outils, le questionnait sur ses gestes, ses moues et les griffures dont était couvert son tablier. Il eut les larmes aux yeux lorsque son père lui confia son marteau et lui apprit à enfoncer des rivets.

Zeev venait à l'atelier lorsque le forgeron achevait des pièces avec Yakov ; les deux frères s'asseyaient à l'écart, échangeaient des chuchotis fascinés en l'observant plonger dans l'eau le métal chauffé à blanc, qui sifflait comme un chat de l'enfer. Zeev mettait tôt ou tard Nissan au défi de planter trois clous plus vite que lui. Le petit frère perdait à chaque fois et tentait de cogner son aîné, qui parait ses attaques en ricanant.

Alors qu'il se trouvait avec Yakov dans l'atelier, Nissan lui demanda pourquoi ses deux grandes sœurs vivaient en Palestine.

– Elles croient avoir *des choses merveilleuses* à réaliser là-bas, dit son père.

Le soir même, alors qu'il débarrassait la table du dîner avec Ruth, Nissan rapporta cette phrase à sa mère. Ruth abandonna ce qu'elle faisait, se rendit à la fenêtre et appela son mari. Ce dernier apparut au bout de quelques minutes.

– Nissan, peux-tu répéter ta question à ton père ?

– Ben… pourquoi est-ce que mes sœurs vivent en Palestine ?

Mains sur les hanches, Yakov leva les yeux.

– Je te l'ai déjà dit : parce qu'elles croient avoir *des choses merveilleuses* à réaliser là-bas.

Ruth s'accroupit devant Nissan.

– Même si tes sœurs accomplissent *des choses merveilleuses* en Palestine, nous ne les rejoindrons jamais. C'est trop dangereux.

Ruth se tourna vers son mari.

– Ne donne pas de fausses idées aux petits avec tes grands mots, s'il te plaît.

Yakov hocha la tête et regagna son atelier.

*

Les parents correspondirent de plus en plus fréquemment avec Esther et Malka, qui les invitèrent à les rejoindre. Le *moshav* manquait de bras et d'artisans aussi capables que Yakov, et Ruth pourrait enseigner. Zeev et Nissan se lisaient les messages de leurs parents et de leurs sœurs en cachette. *L'antisémitisme est une fatalité historique*, écrivaient Esther et Malka, *ce qui s'est produit en Russie recommencera. En Europe, aucun Juif n'est à l'abri, pas même à Kishinev.*

Ruth et Yakov exigèrent des assurances sur les conditions de vie au *moshav*, la nourriture, l'hygiène, la cohabitation avec les Arabes et les Britanniques. Esther et Malka tâchèrent de leur en fournir à longueur de pages, mais rien ne permit de rassurer totalement leurs parents. Bientôt, elles changèrent de stratégie et les mirent en garde : dans quelques années, Ruth et Yakov n'auraient plus la force de quitter la Bessarabie et de traverser les mers. Refuser maintenant de rallier la Palestine signifiait que la famille vivrait séparée pour toujours.

*

C'était le début du cinquième automne à Kishinev, il faisait encore chaud, l'écorce des peupliers se décollait par plaques entières, les prunes s'écrasaient sur le sol, sirupeuses et sucrées. Les grandes puissances réunies à Paris faisaient le rêve de mettre la guerre hors la loi, Hitler perdait les élections pour cette fois et Staline lançait son premier plan quinquennal. Ruth et Yakov vendirent ce qu'ils possédaient et la famille quitta la Bessarabie dans un train de nuit, à destination d'Odessa. Là, ils embarquèrent à bord d'un cargo plus haut que l'immeuble où ils avaient vécu et dont la coque immense réverbérait les scintillements de l'eau. C'était la première fois que Nissan voyait la mer.

4

C'était peut-être le pire moment pour gagner la Palestine mandataire. La crise économique venue d'Amérique chassait plus de gens qu'il n'en arrivait. Ils ne pouvaient toutefois plus revenir sur leurs pas ; ils restaient convaincus qu'ils s'acclimateraient à la Galilée et trouveraient leur place au sein de l'implantation.

Haïfa fut d'abord des grues, dressées sur le rivage et contre le ciel ; Yakov les désigna tout en serrant la lisse ; les plus proches paraissaient colossales, une élingue tombait de leur tête, rectiligne comme un fil à plomb.

– « Et Abimélec lui dit : "Voici mon territoire devant toi, établis-toi où bon te semblera[1]" », lança Yakov.

Du pont du bateau jonché de détritus, la Palestine ressemblait à Odessa. Les ports forment un seul pays. Le voyage avait été long et frustrant, à cause de la

1. « Genèse », dans la Torah, 20 : 15, www.torah-box.com/torah-pdf/torah/genese/20.html

terre, longtemps présente à l'horizon et inabordable : le Bosphore, les côtes turques et les îles grecques, émiettées dans la mer Égée, turquoise comme un bassin.

Nissan avait rêvé de Haïfa en grande ville neuve, posée entre l'eau et le désert ; il ne découvrit qu'un village accolé à une colline.

– On arrive… tu es content ? lui lança Ruth.

Nissan n'entendit pas. Sales et graisseux, ses parents, son frère et lui exhalaient des odeurs rances, la crasse formait une pellicule cireuse sur leur visage et ils évitaient de se parler de près pour ne pas s'infliger le supplice de leur haleine.

Un long renflement se dressait après Haïfa et les quais. Eretz Israël se trouvait là, basse épaisseur contre le ciel ; Ruth baissa les yeux sur Nissan.

– Tu vois, on appelle ça le « Carmel » !

Elle désigna la vague pierreuse levée derrière la ville. Dans l'odeur rassurante de sa mère, Nissan distinguait le souffle aigre de ceux qui manquent de sommeil. La baie de Haïfa s'élargit, la terre arrivait, encerclait le cargo, l'embrassement des côtes se resserrait. Il faisait aussi chaud qu'à Kishinev en été.

Ruth sortit une photo qui claqua au vent ; Nissan vit qu'il s'agissait d'un portrait d'Esther et de Malka, vêtues de robes sombres. Elles possédaient des yeux larges et foncés, une chevelure noire coupée au carré, bien peignée. Malka était plus maigre et étroite d'épaules que sa sœur, sa bouche à demi ouverte paraissait annoncer un bâillement, Esther serrait les mâchoires.

La baie de Haïfa se refermait sur eux, la brise faiblit, la chaleur enroba les corps, appuya sur les épaules et les nuques ; Nissan serra la taille de sa mère qu'il sentit gagnée par la même angoisse qu'au départ, lorsque les côtes avaient disparu.

– On arrive... tu es content ? répéta Ruth.

Nissan hocha la tête et sa mère lui caressa la joue, ses doigts collaient un peu mais il la laissa faire. Des chants hébreux s'élevèrent à l'autre extrémité du pont, la terre apportait le goût du sol et des constructions dures, contre lesquelles on pouvait se casser la tête ; ce pays était le leur, même si aucun membre de la famille n'y était né.

– Tu penses que les filles seront présentes quand nous arriverons ? lança Yakov à sa femme.

– Elles nous l'ont écrit...

Yakov lissa une mèche des cheveux de Ruth, parcourus de filaments argentés.

– Tu as raison... répondit-il, avec une voix plus grave qu'à l'accoutumée.

Il caressa la main de Nissan, dont la chevelure prenait un éclat de mousse dorée à la lumière du soleil. Le pont du bateau se remplissait, les enfants s'accrochaient aux jambes des adultes, pleuraient, se fourraient les mains dans la bouche. Yakov enlaça Ruth, Nissan aima ce pays qui bouleversait les hommes à son approche ; il agita la main au-dessus de sa tête, heureux de se croire attendu ; Zeev lui donna une tape sur la nuque.

– Arrête, tu lui fais mal ! s'écria Ruth.

Nissan éclata en pleurs et se pelotonna contre sa mère, qui essuya ses larmes avec le gras du pouce.

Le navire corna, la mer prenait fin. Zeev et Yakov allèrent chercher les bagages et revinrent comme le bateau accostait. La plainte d'une petite vieille perçait dans le tumulte qui montait. Nissan se pencha par-dessus la lisse et crut reconnaître une femme de Kishinev parmi la foule amassée sur le quai, drapée dans une étole. Derrière le tumulte des docks, il y avait les hangars aux portes gigantesques, les grues, les portiques, la ville et le Carmel, remblai ocre et vert. Nissan trouva cela laid, dépeuplé, il eut pitié de l'effusion des passagers qui s'embrassaient et se congratulaient, se sentit navré pour son père qui le saisit par les épaules et l'éleva dans les airs en s'écriant :

– Nous y voilà !

*

La famille prit place dans une barque emmenée par huit rameurs, affleurant à peine de l'eau, secouée par le ressac. Ils portaient un gilet de sauvetage qui puait l'humidité, dur comme du pain rassis. Nissan pressait le bras de sa mère ; la houle claquait contre la coque, faisant onduler une nappe de détritus qui flottaient à la surface. À l'approche du quai, un rameur saisit un cordage amarré à une bitte et tira dessus pour amener l'embarcation devant une échelle menant aux docks. Femmes et enfants d'abord ; un marin souleva Nissan et le déposa sur l'échelle rouillée, croûteuse, qu'il gravit derrière Zeev et devant sa mère.

Le débarquement des passagers du cargo dura des heures. À travers des barreaux, des inconnus leur souhaitèrent la bienvenue en hébreu et en yiddish, leur jetèrent des tracts qui les conviaient à des réunions de la Histadrout.

Nissan, Zeev et Yakov s'allongèrent sur le sol, tête contre les valises, jusqu'à ce qu'un nain au visage grêlé leur ordonne de prendre leurs affaires et de le suivre. Les gens se levèrent, les conversations reprirent, les enfants sautillèrent ; Nissan et Zeev se poursuivirent dans le flot lent et suant des exilés, malgré les remontrances de leur mère. Les yeux brûlants de fatigue, agacé, Yakov agrippa ses enfants et les garda auprès de lui, serrés contre ses jambes ; les mains de leur père faisaient le tour de leur bras.

Ils furent conduits en quarantaine dans un bâtiment grillagé, piqueté de corrosion et usé par le passage.

5

Les hommes et les femmes furent séparés, contraints de se mettre nus et conduits aux bains, désinfectés puis vaccinés contre le typhus et la variole. Yakov ordonna à ses fils de garder les yeux baissés. Ruth se retrouva seule parmi les sœurs, cousines, mères et filles, regroupées entre elles, avec les nourrissons et les enfants en bas âge. Une cloison en planches disjointes séparait les hommes des femmes ; les yeux s'accolaient aux orifices pour voir l'autre côté ; des couples se soupiraient à l'oreille dans une langue proche du silence, des parents s'assuraient de la santé de leur progéniture du sexe opposé.

La première nuit, la chaleur appuya sur le monde, remuée par une brise qui ne rafraîchissait pas. Comme le reste de la famille, Nissan passa la journée auprès de la palissade, à se raconter avec sa mère ce qu'ils feraient en compagnie d'Esther et Malka, une fois sortis de là.

La deuxième nuit, la brise tomba. Pris de fièvre, Nissan réclama sa maman, gémit, plongé dans un cauchemar où il pleuvait des vipères ailées. Une voix d'homme, râpeuse et mûre, le traita de merdeux et lui ordonna de se taire. Furieux, Yakov partit à la recherche de celui qui avait insulté son fils, écarta les moustiquaires, sans crainte de se faire haïr. Peine perdue. Il retourna auprès de Nissan, qui appelait sa mère dans des plaintes hachées par les frissons ; Ruth s'approcha de la cloison et ordonna à son mari de lui amener leur fils. Yakov demanda au nain au visage grêlé s'il était possible de faire passer Nissan chez les femmes. Le nain renifla, se gratta le nez.

– Il est impubère... hum...

Il jeta la tête sur le côté, signe qu'il accédait à la demande ; Yakov prit son fils dans ses bras, le déposa sur la couche de sa femme et regagna la partie des hommes. Ruth versa sa ration d'eau sur un chiffon, qu'elle appliqua sur le front de Nissan, et se coucha auprès de son fils, lui caressant le dos ; elle resta éveillée toute la nuit, à retourner le linge mouillé, en écoutant la respiration de son petit.

Le matin, ils se réveillèrent couverts de boutons ; la voisine de lit de Ruth était devenue borgne, l'œil droit remplacé par une boursouflure écarlate. Sitôt qu'il la vit, Nissan se recroquevilla contre sa mère, qui dut s'excuser de la réaction de son fils. Ruth porta la main au front de Nissan : la fièvre était tombée. Un coup de sifflet retentit, le camp se vida par un vestibule où deux personnes ne pouvaient se tenir côte à côte. Ils étaient libres.

Arrivés la veille au soir à Haïfa, Esther, Aron et Malka attendaient devant la zone de quarantaine. En apercevant les premiers voyageurs sortir, les deux sœurs se prirent la main. Aussi grande que leur père, Esther possédait un visage plus allongé et une mâchoire plus anguleuse que ne le montraient les photos, avec un regard fixe et méditatif d'obstinée. Celui de Malka était d'un ovale délicat, aux yeux larges, que les clichés rendaient tout aussi mal. Longiligne, plus petite, elle avait la bouche tombante des enfants de la famille. Aron se tenait en retrait, les épaules basses et les yeux cernés par la nuit passée à la belle étoile.

Ruth vit ses filles la première, lâcha la main de Nissan, accourut vers ses *petites*, les serra contre elle, étouffant ses sanglots dans leur chevelure. Yakov rit, bouche grande ouverte, s'essuya les yeux et se pencha vers ses fils, accrochés à ses genoux.

– Elles sont là !

En compagnie d'Aron et de Ruth, Esther et Malka rejoignirent leurs petits frères et leur père. Zeev tourna sur lui-même, fuyant les caresses, se cacha dans les plis de la robe de sa mère ; Yakov arracha Nissan du sol, le montra à ses filles, qui l'embrassèrent sur les joues.

Aron et Yakov échangèrent une accolade puis Aron donna l'heure du prochain train pour l'intérieur de la Galilée. Des rides s'étaient creusées autour de ses yeux et lui donnaient une expression soucieuse. Aron emporta les bagages de la famille avec Esther et Malka. Ils se rendirent à la gare sous le soleil matinal qui faisait déjà suer, se congratulant et chantonnant des comptines ukrainiennes ; la joie des adultes rassura puis égaya Nissan ; Malka le prit dans ses bras, le jucha sur ses épaules. Après une vingtaine de minutes de marche, ils atteignirent une gare pareille à celle d'une bourgade de campagne en Allemagne ou en Bohême, bâtie en grosses pierres beiges, flanquée d'une tour à horloge.

*

Le train balançait en cadence, lancé à pleine vitesse. Nissan regrettait la ville où il avait débarqué et dont il avait oublié le nom. Une route de bitume craquelé, qui longeait la voie, s'écarta et disparut dans un bois. Le Carmel s'enfonçait dans le ciel, à l'est, le train suivait la mer striée de rubans jaunes et les collines semblaient glisser sur la terre.

Nissan observait ses sœurs, sosies ratés des jeunes femmes qui posaient sur les photos des parents. Esther et Malka n'existaient pas. Leur robe en tissu grossier, rapiécée, lustrée aux épaules et aux coudes, leur donnait l'apparence de dames de compagnie échappées d'un cachot.

Esther prit la place de Ruth, à côté de Nissan.

– Hé ! Petit homme !

Zeev esquissa un sourire timoré, que Malka récompensa en lui passant la main dans les cheveux.

Les boutons de moustiques démangeaient Nissan, la transpiration accentuait le supplice ; il se gratta.

– Arrête, tu vas te trouer la peau ! s'écria Esther.

Nissan cessa et se tourna vers ses parents, endormis tête contre tête. Aron monologua : au *moshav*, les bêtes étaient logées dans un abri dur, en ciment, contrairement aux hommes. Nissan l'écoutait en fixant ses mains couturées d'entailles et aux ongles cerclés de crasse. Le petit s'imaginait le *moshav* juché sur une colline de vase, où les pionniers cultivaient des liserons et des roseaux, parmi les ânes et les bovins.

Dehors, la mer laissa place à des étendues de broussailles, de petits champs quadrillés de sentes et des maisons en torchis ; un plateau parsemé de chênes verts, noirs sous le soleil, apparut. Vêtu d'un long vêtement qui cachait ses pieds, un Arabe traversait le lit d'un ruisseau asséché qui serpentait entre des bosquets de lentisque parsemés de baies écarlates, en tirant une mule à l'aide d'une corde.

Aron évoqua la direction de Nazareth – qu'il appela « la ville du petit Juif des Gentils » – et de Meggido – « l'endroit où les Croisés situent leur Armageddon ».

– Nous aurions dû être chrétiens, lança Yakov, qui venait de se réveiller.

– Ou croire en Dieu, répondit Aron.

Nissan s'assoupit, peut-être voyagèrent-ils des semaines et des années... Un cri de femme le réveilla en sursaut, lui soulevant le cœur.

– Nous y sommes !

Le train décéléra puis s'arrêta, Ruth descendit avec Malka et les garçons, le reste de la famille se chargea des bagages. Le train continua vers l'est.

La gare ressemblait à une maison abandonnée, bâtie en pierres de la couleur fauve du sol. Vêtus de chemises grises à force d'avoir été portées, les manches retroussées au-dessus du coude, deux colons patientaient auprès d'une carriole à laquelle deux chevaux bais étaient harnachés. Aron chargea les malles avec leur aide et celle de Yakov.

– Tu as eu un fils avec Esther ? demanda un pionnier à Aron, en montrant Nissan.

– C'est son petit frère.

Dans la carriole, Zeev prit place entre Nissan et leur mère, Malka s'installa au fond, avec Esther et Yakov. Pour faire de l'ombre, on déploya une capote tendue sur des armatures de métal, amincies par le frottement. Aron saisit les rênes et cingla, le paysage se mit en branle. L'étendue désertique entourant la gare laissa place à des prairies qui baignaient dans une eau tourbeuse.

Le corps de Ruth se balançait au gré de la route, Malka lui parlait tout bas dans l'oreille, prenait des mèches dans la nuque de sa mère et les tressait. Esther alla s'asseoir à l'avant, avec son mari et les pionniers.

– Voilà le *moshav* !

Malka souleva la capote et la lumière du soleil les aveugla. Quand il put entrouvrir les yeux, Nissan aperçut un village en forme de disque, découpé en parcelles, où se dressaient des granges, des étables, des baraquements, des tentes et des fermes. En son centre se trouvait un autre disque qui rassemblait trois bâtiments en dur, plus grands.

La carriole descendit dans la vallée. Des bâtisses en bois et des tentes rougies par le khamsin apparurent au bout d'une piste, posées sur l'horizon. Le bout du bout du monde.

6

Aux États-Unis, le krach de 1929 poussait au suicide bon nombre de spéculateurs et affamait les pauvres. Au *moshav*, on marchait désormais sur des pistes planes, damées. Les premiers enfants sabras allaient vers leurs dix ans. Ils faisaient la fierté de la communauté, qui les appelait « pure huile d'olive » et « nectar du sol d'Israël ». La vie du *moshav*, c'était la routine des saisons, des champs, des étables et des basses-cours ; les journées de seize heures ne garantissaient pas les bonnes récoltes, les temps difficiles donnaient parfois l'envie de sacrifier du bétail à la terre et aux cieux.

Nissan et Zeev dormaient peu. Après une heure de travail à la ferme, ils se rendaient à l'école à travers la buée qui s'élevait des champs où les hommes œuvraient depuis l'aube. Zeev et Nissan couraient la campagne après la classe, gravaient leurs noms sur l'écorce des arbres, débusquaient les rongeurs, les chauves-souris et les blattes. Ils arpentaient le maquis, se lançaient dans des expéditions dont Zeev fixait le but : le sommet d'une colline, un bois de sycomores ou les rives d'une mare. Loin des adultes, ils s'insultaient avec jubilation, se traitaient de chameau sans bite ou de cafard fini à la pisse d'âne. Au revers de la couverture de son cahier d'écolier, en mauvais carton, filandreuse comme du feutre, Nissan dessinait des animaux à tête de Zeev caricaturé, qui faisaient rire son frère : chacal châtré à bouche de cocotte, poulpe triste au nez trop long, pingouin contrefait aux ailes à la place des pattes et au bec en forme de patère.

– Mais comment t'as appris à dessiner ? répétait Zeev.

Nissan n'en savait rien. Il s'agissait pour lui d'un passe-temps amusant et facile, bon à impressionner son frère.

Puis ils rentraient à la ferme et reprenaient le travail, une heure ou deux. Quand personne ne les surveillait, Nissan et Zeev gaulaient des oranges dans le verger à l'aide d'une toise, les jetaient sur les oiseaux et les rats. Enfin, ils dînaient, faisaient leurs devoirs puis allaient se coucher. Les deux frères occupaient la même chambre.

*

Les *moshavniks* s'engageaient dans une compétition sans merci. La nuit, certains longeaient les parcelles de leurs voisins pour jauger l'état des cultures et des bêtes, de quoi en tirer jalousie ou sarcasmes. Ils étaient devenus agriculteurs grâce aux livres, n'avaient jamais travaillé la terre avant de mettre les pieds en Galilée. Esther se mit en tête de cultiver des tomates, s'activa pendant des semaines entre des plants malingres, éreintés par le vent. Lorsque les tiges se mirent à flétrir, elle les décapita à la machette, de rage. Avec le temps, il était devenu honteux de se replonger dans les manuels d'agronomie : pour bouturer un citronnier, Aron resta caché des heures dans les latrines afin de recopier plusieurs passages d'un livre sur le sujet.

*

Une troupe de théâtre venait jouer sur la place du *moshav*, à la fin des moissons. C'était la fête. Les acteurs arrivaient à l'arrière d'un camion et, sans attendre, débarquaient des sacs pleins de strass, de costumes en boule, de rouleaux de toile peinte et de perches.

Un cinéma itinérant s'arrêtait aussi sur l'implantation. La famille de Nissan ne manquait pas une séance. Assis sur les genoux de sa mère, il écoutait les *moshavniks* apostropher les personnages qui s'agitaient sur la toile tendue entre deux piquets, mouchetée de papillons, de moustiques et de coléoptères. On profitait des monologues des starlettes françaises, italiennes, russes ou américaines, bien peignées et fardées, pour se confier les ragots ; les bavardages produisaient un grésillement tenace qu'on finissait par oublier.

Souvent, des responsables du *yishouv* faisaient halte au *moshav* ; les pionniers se rassemblaient pour les entendre. Nissan emportait alors de quoi dessiner et se colorier les mains, pour tromper l'ennui.

La patience des adultes le sidérait, capables de garder le silence pendant des heures et d'acquiescer aux logorrhées de vieillards qui parlaient comme s'ils avaient vécu des siècles, ou ordonnant aux colons d'édifier des villes et des rampes vers le ciel, de percer les montagnes et de combler les vallées. Un jour, l'un des tribuns tomba de scène ; les pionniers s'empressèrent de le relever et de le faire remonter. Cela ne fit rire que les enfants.

– Mon sort est lié au vôtre ! hurla l'homme en s'époussetant et plaquant une mèche de cheveux sur son crâne chauve.

Les villageois poussèrent des hourras qui effrayèrent Nissan ; il ne reconnut personne, pas même ses parents, les adultes n'étaient que des visages rougis, incrustés de veines qui saillaient dans les cous et sur les tempes. Les nuits suivantes, Nissan rêva que la foule se refermait sur lui.

*

À l'époque où la voix de Zeev devint grave, Yakov bâtit une remise à quelques mètres de la maison. Il dissimula trois Mausers dans le double plancher. Chaque foyer du *moshav* possédait un fusil de ce genre, lourd comme une hallebarde, en dépit de la loi martiale décrétée par les Britanniques, qui interdisait de s'armer.

Aron emmenait Zeev et Nissan s'exercer au tir, à l'écart du village ; il traçait les cibles à la craie sur les acacias. La première détonation chassait les oiseaux, les suivantes débusquaient les lièvres et les chats sauvages, les balles sectionnaient les branches, pulvérisaient les fleurs ou se perdaient dans le lointain.

Zeev tirait mieux que son petit frère. Il l'aidait à contenir sa respiration et à caler la crosse du fusil contre son épaule pour encaisser le recul. Bientôt, ils s'exercèrent sans Aron, sur des feuilles de papier où Nissan dessinait un dragon, un minotaure ou un kraken, qu'ils clouaient aux arbres.

Nissan affectionnait l'exercice qui précédait le tir, lorsqu'il mettait en joue, contenait le mouvement de sa cage thoracique et le battement de sa carotide, stase fébrile avant le coup de feu qui claquait comme une libération.

L'école du *moshav* se trouvait dans un baraquement au toit en tôle, accolé à une grange, glacial l'hiver et brûlant l'été. Yakov la surnommait « le camp tsigane ». Les élèves s'asseyaient sur le sol en terre battue, cahier sur les genoux. Avant la classe, le maître allumait des feux dans des bidons disposés autour de l'école pour chasser les anophèles.

Les enfants apprenaient l'hébreu, la musique, la géométrie, l'histoire religieuse et les sciences naturelles. Ancien officier de l'armée du Tsar, le maître les emmenait effectuer de longues marches dans la campagne, durant lesquelles il déclamait des poèmes de Bialik et de Tchernikhovsky, décrivait les larves d'insectes, les œufs d'araignées, donnait le nom savant de la flore, expliquait le cycle de reproduction des animaux. La classe partait une semaine au printemps sur les lieux de la Torah, passait les nuits dans les *kibboutzim* et les *moshavim*. Le soir, autour du feu, chacun devait une histoire à ses camarades ; ils se contaient Elie sur le mont Carmel[1], le roi Jotam[2] devant le mont Garizim ou Jérémie dans la vallée du Ben-Hinnom[3].

Dès janvier, Nissan guettait les signes de la chaleur nouvelle et le parfum des sucs et de la sève, annonciateurs de ces voyages à pied. Pendant les marches, Nissan soufflait à Zeev des questions pour le maître, que son grand frère posait à sa place. Nissan se réveillait le

1. « Prophètes », « Premier livre des Rois », dans la Torah, 18 : 42. www.torah-box.com/torah-pdf/neviim/livre-des-rois-i/18.html
2. « Prophètes », « Juges », dans la Torah, 9 : 7. www.torah-box.com/torah-pdf/neviim/juges/9.html
3. « Prophètes », « Jérémie », dans la Torah, 19 : 2. www.torah-box.com/torah-pdf/neviim/jeremie/19.html

premier et s'éloignait du camp pour aller dessiner sur son carnet.

Un matin, alors qu'il s'était isolé auprès d'une rivière, il sentit une présence déjà trop proche pour s'enfuir et se retourna : le maître lui faisait face.

– Comme ça, tu es un artiste.

– Je dessine pour me souvenir des choses.

Le maître sourit et tenta de voir sa feuille, mais Nissan la plaqua sur sa poitrine pour la dissimuler.

– Tu peux me faire voir, je n'en dirai rien à personne.

Nissan la lui montra : le dessin représentait Jérémie, hirsute, qui cheminait entre deux falaises. Le maître le félicita :

– Accepterais-tu que je l'affiche dans la classe ?

Nissan leva les yeux vers le maître.

– Je t'assure, c'est très réussi.

Nissan considéra son dessin.

– Bien sûr, je te laisserai le fignoler, si tu le souhaites.

Nissan n'osa pas refuser, le maître le remercia et se rendit auprès des braises, qu'il ranima en soufflant dessus.

*

Nissan était le plus grand de la famille. Mince mais pas maigre, les épaules voûtées, il tenait sur deux jambes fines, sans mollets ni cuisses. Ses cheveux fonçaient, viraient au châtain. Nissan avait une apparence désinvolte avec ses longues enjambées élastiques et ses yeux cerclés d'une auréole grise. Il marchait beaucoup, le long des routes, à flanc de coteau, dans les garrigues, parmi les eucalyptus, les yeuses et les sycomores.

Malka l'accompagnait parfois, ils se rendaient alors jusqu'à un oued mourant, enseveli sous les roseaux, survolé par les aigles et les vautours. Cela fut l'un des premiers paysages que Nissan croqua. Il aimait dessiner les animaux, leur indifférence toujours en alerte, sur des feuilles de papier granuleux, grossier. Il tâchait de choisir des crayons assez gras, dont il pouvait étaler la noirceur après avoir humecté la pointe d'un peu de salive. Il en ressortait les doigts charbonneux, qu'il essuyait dans les herbes.

Quand il était à l'œuvre, le monde s'évanouissait pour devenir une émanation de lui-même, familière et bruissante ; il s'affairait avec la honte d'un enfant qui se touche. Pour la famille, l'art ne servait à rien, ne fertilisait pas les champs, ne nourrissait pas les bêtes. Nissan dessinait, sans s'en excuser, ni savoir à quoi destiner cela ou même si cela devait être destiné à quelque chose. Il prenait parfois des modèles parmi les reproductions du Greco, de Brueghel ou Metsys entrevues dans des livres oubliés sous des bureaux brisés en deux, derrière la remise de l'école, tâchait de garder en mémoire les bestioles maniérées des décors qui s'étalaient en perspectives interminables, comme figés dans l'ivoire ou une pierre polie très grise. Il reprenait ces bêtes, les faisait s'ébrouer parmi les plis verts et jaunes des terrains de Galilée, se courber au bord d'un ru, sauter vers un ciel d'un bleu gréseux et nimbé, longtemps affiné au crayon. Il copiait, s'autorisait à déformer ce que sa mémoire omettait, apprenait à faire jouer les nuances de lumière et les reliefs en appuyant plus ou moins sur la mine. Parfois, il dessinait des hommes, de lointaines silhouettes dures et sèches, parmi lesquelles il se mit à glisser des femmes, qu'il prenait plaisir à former, sans oser gonfler les flancs et la poitrine. Il se sentait puissant, capable de faire et défaire des destins de papier, de biffer des existences.

Il cachait ses œuvres sous son matelas mais Malka les découvrit en faisant le ménage. Avec l'autorisation de Nissan, elle les montra à la famille et Aron suggéra de les proposer au bulletin du *moshav*, qui accepta de les publier.

*

Zeev rentra à la ferme, vêtu de l'uniforme de la Haganah et coiffé d'un petit chapeau en forme de bateau en papier. Il paraissait grandi, plus mince et plus fort. Il s'était perfectionné dans le maniement des armes à feu et avait reçu des cours de judo en compagnie des *moshavniks* de son âge. Il montra des prises à Nissan, qu'il jeta sur le dos plusieurs fois. D'agacement, son petit frère lui donna un coup de pied dans le tibia et s'enfuit.

Zeev intégra les détachements nocturnes qui patrouillaient autour du village, dont Aron et Yakov faisaient aussi partie, chargés de protéger le *moshav* des rôdeurs, des bêtes sauvages et de prévenir les contrôles britanniques. Avec d'autres, Zeev allait aussi voler des armes sur un champ d'aviation de Sa Majesté et chasser les troupeaux des Arabes qu'on prenait à paître sur les terres acquises par le Fonds national juif.

Zeev ne parla plus que de sa vie de guerrier. Nissan regretta son frère. Zeev se moquait de lui quand il demandait des histoires à leur mère, au coucher. Nissan n'en avait que faire : Ruth racontait mieux que le maître, qui concluait toujours ses contes par une morale, quitte à l'inventer. Elle prononçait les mots comme si chacun d'eux renfermait une saveur secrète.

Nissan adorait l'histoire de Moïse ouvrant la mer Rouge : Ruth faisait cheminer le prophète et son peuple sur des prairies d'algues, entre deux murailles d'eau, parmi les poulpes géants, les armées de crabes et les poissons chamarrés[1]. La Genèse troublait Nissan, qui ne saisissait pas comment il avait pu exister un monde avant le monde. Il aimait aussi l'Arche de Noé, la tour de Babel et le passage du livre de Daniel, où

1. « Exode », dans la Torah, 14 : 1-31. www.torah-box.com/torah-pdf/torah/exode/14.html

Nabuchodonosor rêvait d'une gigantesque statue d'or, d'argent, de fer et d'argile, qui finissait écrasée sous une montagne[1]. Mais l'épisode favori de Nissan restait celui de Sodome et Gomorrhe, où sa mère prenait soin d'éluder l'accouplement de Loth avec ses filles[2]. Nissan dessinait souvent la femme de Loth changée en statue de sel, dont le corps prenait des formes baroques en fondant sous la pluie[3].

*

Enceinte depuis peu, Esther s'emportait vite, ne supportait pas sa grossesse, se jugeait impotente, se traitait de « pondeuse ». Ses relations avec Aron se dégradaient, leurs discussions explosaient en querelles conclues loin de la ferme. Aron se défendait mal, de peur de blesser sa femme, qui explosait sans retenue, l'insultait et en venait au corps-à-corps jusqu'à ce que son mari la repousse, pitoyable et emprunté.

Aron en aimait une autre ; il avait fui l'Ukraine au nom de la liberté et se retrouvait asservi à un seul être, dont il devait taire le nom. Aron languissait entre deux

1. « Daniel », dans Ketouvim (Hagiographes), 2 : 31-46. www.torah-box.com/torah-pdf/ketouvim/daniel/2.html
2. « Genèse », dans la Torah, 19 : 1-29. www.torah-box.com/torah-pdf/torah/genese/19.html
3. « Genèse », dans la Torah, 19 : 26. www.torah-box.com/torah-pdf/torah/genese/19.html

impossibles : abandonner la famille par devoir envers lui-même ou rester par devoir envers eux.

*

Zeev emmena Nissan espionner les élèves de l'école d'agriculture pour filles. Zeev prit Nissan sur ses épaules afin qu'il voie au-dessus du mur d'enceinte de l'établissement. De temps à autre, il reposait son petit frère et se haussait à la force des bras. Ils élurent les plus belles, essayèrent de déterminer leur pays d'origine : Pologne, Russie, Roumanie, Hongrie ou Allemagne. Les plus jolies, Nissan les imaginait russes.

Zeev et Nissan rameutèrent leurs amis ; ils se décrivaient le galbe des poitrines, des fesses et la cambrure des reins, cherchaient leur future ; les plus âgés parlèrent d'enlever l'élue de leur cœur, de coucher avec elle dans une étable ou dans un bois avant de fuir en Amérique.

Zeev commença à proférer des cris de rut suraigus, imités par Nissan et les autres. Les filles tournèrent la tête vers eux puis les ignorèrent, les plus jeunes gloussèrent et les insultèrent sans toutefois alerter les surveillants.

Zeev et ses amis ordonnèrent à Nissan de choisir une femme mais il s'y refusa.

– Tu préfères les hommes ? lança Zeev.

– Ou les taureaux ?

– Vous êtes aussi abrutis que des canassons, répliqua Nissan.

– Tu te crois unique, mais tu es comme nous tous. Continue avec tes dessins et tu devras te contenter de...

Zeev ferma la main, la plaça au-dessus de son bas-ventre et masturba un sexe invisible.

Nissan détala jusqu'à la ferme et s'arrêta devant l'entrée. Alerté par un tumulte inhabituel, il colla l'oreille à la porte. À l'intérieur, Esther et Aron se disputaient, Ruth essayait de les raisonner, sans parvenir à crier plus fort qu'eux.

Nissan tourna les talons, se remit à courir, fuyant la colère, la rancœur et la vulgarité. À la sortie du village, trempé de sueur, il s'assit à l'ombre d'un chêne, mit la tête dans les bras et pleura.

7

Le bulletin du *moshav* publiait un dessin de Nissan chaque mois. Celui qui lui valut le plus de compliments représentait une vache couchée dans l'herbe, comme il en existait en Normandie ou en Hollande. À chaque parution, Esther, Malka et Zeev taquinaient le petit dernier, à le faire rougir à force de louanges ; Zeev le surnomma « Van Gogh » avec ce respect condescendant qu'on sert aux débiles et aux timides soupçonnés de s'accorder de l'importance.

Le dessin obsédait Nissan, qui bâclait ses travaux à la ferme pour s'y consacrer. À genoux, assis sur ses talons, sans couvre-chef, sans se nourrir ni boire, les manches retroussées, chemise déboutonnée sur la poitrine, Nissan travaillait des à-plats cannelle sur lesquels il hachurait, en teintes criardes, des étoiles filantes, des maisons, des carcasses râlant comme des bouches qui s'offraient, des petits enfants mangeant des poignées de terre, jouant aux osselets, des bêtes de somme au labour et des volailles. Alors qu'il sentait la transpiration couler dans son dos et mouiller ses aisselles, il observait ces teintes se mêler pour créer la leur, née aussi de la moiteur du lieu et de la saturation lumineuse de ce jour-là. Il composait vite, avec une rage contre les corvées et les obligations qui lui prenaient trop de temps. Et cela donnait des scènes de semailles sur des ciels zébrés d'orages rougeoyants, un vêlage contre la paroi gangréneuse d'une grange mangée par le corail mûr du crépuscule, la discussion animée de jeunes paysans devant une vitre toute bleutée de fulgurances, semblables à celles qu'éructe un fusil qui tire.

Les gens du *moshav* le guettaient à l'œuvre, le débusquaient par amusement, à crayonner une charrette ou un mouton. Il lui devint impossible de s'isoler ; l'artiste du village appartenait au village et l'inspiration l'habitait comme un charme, où il replongeait sans effort, croyait-on. Il suffisait d'être assez fainéant pour cela, rien de sérieux là-dedans.

Nissan ne prenait plus la peine de faire semblant de s'intéresser aux palabres des pionniers sur les volumes de ponte, la qualité du fourrage ou les abcès d'une laitière. Dans un pré où les colons dénombraient les têtes de bétail, lui percevait l'arrondi du lointain, l'haleine rose du monde et les silhouettes des bovins qui miroitaient comme des figurines d'aluminium.

Nissan s'efforça d'éviter les gêneurs, ne leur répondit plus quand ils l'interrompaient durant son travail ; on le trouva changé, prétentieux. Il n'avait rien à opposer à ces remontrances, sinon qu'on le laisse en paix. Il ne saisissait pas l'intérêt d'expliquer pourquoi il avait choisi d'esquisser tel cheval plutôt que le silo à grains ou le château d'eau du *moshav*, grande jambe appuyée contre l'horizon. Les épieurs gagnaient parfois, Nissan n'y arrivait pas et sombrait dans des pulsions initiées contre lui-même, qui le faisaient déchirer ses feuilles, les jeter par la fenêtre.

*

On lui enseigna le maniement d'une arme, un bâton en guise de fusil. Puis l'instructeur lui confia un Mauser. Nissan était le plus grand de sa classe d'âge et il se couchait moins vite que ses camarades ; ventre à terre, il posait le canon de son fusil non chargé sur des sacs de sable et pressait la détente. Zeev lui montra comment calculer l'inflexion d'un tir avec le vent, les deux frères s'exercèrent aussi au combat au corps à corps, qui remplaça les mêlées de leur enfance.

Nissan apprit à monter à cheval. Les professeurs étaient cinq cavaliers, dont quatre avaient appartenu à l'armée du Tsar. À la fin des leçons, ils racontaient les guerres, la Grande et celle entre Russes, s'épanchaient avec désabusement sur des massacres industriels perpétrés au nom d'un archiduc grabataire assassiné par un fou, dans la capitale d'un pays insignifiant. Quand

Nissan demanda à voir leur uniforme de l'Armée impériale, ils répondirent l'avoir abandonné en Europe, avec les ruines, les cannibales, la neige et les bolcheviks.

Les soirs où ils ne patrouillaient pas, Zeev, Aron et Yakov s'asseyaient près de la grange, sous les tilleuls, et se parlaient des expéditions punitives contre les Arabes, qui décapitaient les eucalyptus plantés par les enfants du *moshav*, volaient le maïs des pionniers et faisaient paître leur troupeau sur les terres acquises par les Juifs. Avec les *kibboutzniks* des alentours, armés de cravaches et de gourdins, Zeev participait à des opérations nocturnes contre les autochtones, afin de les déloger, menaçant de confisquer leur bétail.

Au sujet d'un *mukhtar* rétif, Zeev, Aron et Yakov s'alignèrent sur l'avis d'un colon qui préconisait de le capturer, de l'attacher par les chevilles, tête en bas, et de lui fouetter la plante des pieds, comme cela s'était déjà pratiqué avec des bergers.

Esther rejoignait les hommes sous les tilleuls, amenant pour elle une chaise de la cuisine. Elle parlait d'agir avec force, remuait les poings, accablait les mâles de pensées guerrières.

– Tu vis dans la mauvaise peau… tu aurais dû être un bonhomme.

Zeev renchérissait, pleurant de rire : l'ange qui attribuait les sexes avait commis sa plus grosse erreur avec Esther.

– N'importe quelle femme est plus combative que vous autres, se défendait-elle.

L'été, ils veillaient dans l'air empli d'une suspension camphrée, savouraient la paix nocturne – cette illusion de l'éternité – sans redouter la fatigue du lever à l'aube, en rêvant à quoi ressemblerait le *moshav* dans vingt ou trente ans.

*

Aron s'écartait des patrouilles pour arpenter la campagne et lever des animaux, qu'il laissait s'enfuir, sans épauler. Il redoubla d'ardeur à la ferme ; le gros œuvre éteignait les questions qui hurlaient dans son crâne. Aron côtoyait chaque jour l'inconnue qu'il aimait et dont il était aimé, sans pouvoir s'adresser à elle. Il perdit le goût de parler, répondait à peine quand on l'interpellait.

Esther prenait les états d'âme de son mari pour des vapeurs de princesse et l'abandonnait à son spleen, comme on laisse un petit se faire dessus pour lui apprendre la propreté. Aron projeta de rallier une équipe de jeunes gens chargés de construire les logements des *kibboutzim* de la région de Tel-Aviv, la ville sur les dunes. Quand il l'annonça à Esther, elle secoua la tête en souriant, les mains sur son ventre de plusieurs mois, avant de donner un coup de pied dans un seau à purin, qui répandit une flaque brune entre eux. Sans un regard pour Aron, elle s'éloigna sur ses jambes plus arquées que jamais. Elle aurait besoin de lui, sous peu : Aron serait ses bras, son soutien, il le savait. Il alla chercher une pelle à la basse-cour et ramassa le purin.

*

Le *moshav* accueillit des Yekkes, chassés d'Allemagne par un petit caporal moustachu qui rendait ses semblables hystériques et les faisait défiler au pas. Avec leur air assagi de personnages venus d'un pays trop confortable, ces Juifs d'un autre monde assistaient les fermiers dans leurs tâches, consciencieusement, surpris de transpirer autant. Le cagnard les violaçait.

L'un d'eux prêta main-forte à la ferme durant les moissons. Prénommé Kurt, ce jeune homme au visage fuselé avait le teint crayeux et les mains lisses. Ancien banquier, il arrivait de Francfort, sans famille, juste après l'élection d'Hitler. Il mangeait peu, se tenait à l'écart des conversations et s'exprimait dans un yiddish élémentaire. Il travaillait de bon cœur, avec des gestes trop francs et abrupts, sans savoir se ménager. Il blondit, sa peau prit la teinte du thé trop infusé. Nissan appréciait Kurt et le filait lorsqu'il se promenait dans le *moshav* avec son rictus emprunté, digne d'un enfant à la recherche d'un câlin parmi une foire aux bestiaux. Kurt accepta sa compagnie et ils scrutèrent les nuages à la recherche de dinosaures, de monstres et de châteaux. Bientôt, Malka se joignit à eux, beaucoup moins bavarde qu'à son habitude. Kurt jouait du violon à merveille ; il avait aussi ce petit air retenu de ces jeunes hommes beaux qui ne le savent pas et passent pour de faux modestes. Il finit par leur interpréter certaines de ses compositions, que Malka et Nissan applaudirent, jouant à deux les rappels, les hourras et les ovations d'une salle de concert ; Kurt s'excusait constamment, trop au goût d'Esther, au point qu'on finit par l'appeler « M. Pardon ». Kurt disait s'être toujours senti allemand plus que juif, mais il avait saisi que l'époque pensait le contraire. Il l'avait saisi tardivement, mais il savait pourquoi : sa vie, c'était l'Europe, ses lectures, c'étaient Goethe, Schiller, Heine, ses idoles, Beethoven, Schubert, Liszt, ses grands espoirs pour l'humanité, ceux de Kant. Sans les nazis, Kurt n'aurait jamais fait son *aliyah*.

Kurt quitta le *moshav* après les moissons et ne donna plus de nouvelles. Malka avoua à Nissan que Kurt lui manquait et fit jurer à son petit frère de n'en rien dire à personne.

– Tu es amoureuse ?

– Non.

– Rejoins-le, si tu l'aimes.

– Mais arrête !

Longtemps, elle regretta de ne pas s'être déclarée à Kurt ; Kurt aussi, mais elle n'en sut jamais rien.

*

Tous les ans, Zeev et Nissan participaient aux célébrations du 1er Mai avec les jeunes du village. Coiffés d'une casquette d'ouvrier, ils défilaient en rangs. L'un d'eux brandissait un drapeau rouge qui mesurait trois fois sa taille, en tête de cortège. Ils paradaient, vêtus d'un short coupé au-dessus du genou et d'une chemise épaisse, en chantant la libération du travailleur, le progrès des âmes.

Peu à son aise, Nissan imitait ses camarades, adressait des grimaces à son frère, qui ne les lui retournait pas. *Une sardine dans son banc*, pensait-il au sujet de Zeev.

Sitôt la parade terminée, Nissan regagnait la ferme, tandis que son frère restait avec les garçons de son âge pour participer à un concours de tir.

*

À l'approche du terme de sa grossesse, Esther saigna et fut prise de fortes fièvres ; elle dut garder le lit. Le médecin redouta une infection, la mort de la mère et de l'enfant.

La famille se relaya au chevet d'Esther pour l'empêcher de quitter la chambre, car elle insistait pour retourner travailler à la ferme. Aron et Malka lui faisaient la lecture, Ruth lui chantait des chansons et Yakov s'endormait auprès d'elle. Esther accoucha d'une fille prénommée Dina. Les fièvres et les hémorragies cessèrent.

– Le bébé a emporté le mal, dit Ruth.

Au bout de vingt jours d'alitement, Esther commanda de nouveau l'exploitation, depuis sa chambre. Deux semaines s'écoulèrent et Esther retourna travailler ; elle effectuait des journées plus courtes qu'auparavant, distribuait des ordres, agissait *avec la voix*.

*

Nissan scrutait le sol de sa chambre, à la recherche d'une scolopendre qui furetait sous son lit, lorsqu'une déflagration ébranla la maison. Il accourut dans le salon, apeuré, trouva sa mère se tenant la tête à deux mains. Aron, Yakov, Zeev et Esther sortirent, Ruth interdit à Nissan de les suivre ; il se rua à la fenêtre, l'ouvrit : il pleuvait à seaux, la nuit ne dévoilait rien, les flaques béaient, larges comme des puits, des voix se croisaient dans les ténèbres, sans se trouver. Signalés par les flammèches de leurs lampes à huile, les pionniers s'activaient sous l'averse bourdonnante qui décuplait le bruit de leurs pas. Une odeur de bûcher passait dans l'air.

Ruth prépara du thé, Malka disposa trois tasses en fer-blanc sur la table à manger, Ruth ordonna à Nissan de fermer la fenêtre et d'aider sa sœur.

Au bout d'une heure, Zeev revint à la maison, goudronneux et détrempé. Ruth le fit asseoir : une grenade avait soufflé une ferme du *moshav*. La mère et la fille étaient indemnes, le fils de huit ans avait péri sur le coup, broyé dans l'explosion, le père était gravement blessé, la grenade avait sauté alors qu'il avait tenté de s'en saisir pour la jeter dehors.

Ruth posa une couverture sur les épaules de Zeev et lui nettoya le visage à l'aide d'un chiffon humide. Esther avait essayé de tenir Zeev éloigné de la scène, mais il avait pu apercevoir la mère et la fille, ahuries et inertes, à jamais prisonnières de l'horreur de cette nuit-là. La fillette s'abandonnait aux consolations quand sa mère les repoussait, assise dans la boue.

On éteignit l'incendie à l'aide de seaux d'eau et de terre, la pluie fit le reste. Yakov et Aron aidèrent à déblayer les cendres, les planches carbonisées, les brisures de tuiles et les morceaux de corps. Seul un angle de la bâtisse tenait encore debout : quelques ustensiles de cuisine accrochés à un pan de mur bleu pendaient au-dessus de meubles éclatés.

Les *moshavniks* tentèrent de retrouver le ou les coupables. Aron et Yakov participèrent à une battue durant laquelle on fouilla tous les Arabes qu'on rencontra, sans résultat ; aucun autre incident ne se produisit cette nuit-là. Le père mourut à l'aube, son cadavre continua de verser des larmes, dit-on.

*

Les coupables furent arrêtés six mois plus tard. Il s'agissait de *fellahin*, membres d'un groupuscule appelant au djihad contre les Juifs et les Britanniques. Illettrés pour la plupart, ils avaient été dépossédés de leur terre ou de leur travail au profit des Juifs. Ils avouèrent rapidement.

8

Nissan aidait sa mère à préparer le dîner. Ils tranchaient des oignons, qui leur piquaient les yeux et les faisaient renifler. La table était couverte de poivrons émincés et de tomates coupées en tranches, d'où s'écoulait une solution vitreuse emplie de pépins verdâtres. Ils aimaient cuisiner ensemble, en silence.

Un coq poussa un cri contre l'arrivée du soir.

Esther entra dans la maison et demanda si Aron était là ; il aurait dû être rentré depuis deux heures, après un aller-retour entre le *moshav* et la gare pour acheminer des colons et du matériel.

Esther s'assit à côté de Nissan. De minuscules cloques de transpiration s'étaient formées dans le cou et sur le visage de sa sœur. Les hirondelles fendaient les nuages d'insectes qui voletaient sur les champs baignés de soleil, le printemps transportait le village loin du monde.

Esther quitta sa chaise, parcourut la pièce et se rassit. Ruth la questionna, sa fille lui répondit tout bas puis ordonna à Nissan d'aller chez Samuel, le pionnier qui accompagnait habituellement Aron dans ses voyages entre le *moshav* et la gare.

Nissan gagna la remise, s'empara d'un des fusils dissimulés dans le plancher et sortit avec l'idée d'expédier la corvée puis d'aller arpenter la campagne. Il traversa la place du *moshav* où des fermiers étaient rassemblés devant la Maison commune, en tenue de travail. Nissan les interrogea mais aucun n'avait vu Aron. Ils se moquèrent de lui, proposèrent de le payer pour qu'il arrange aussi leurs brouilles conjugales ; Nissan se força à rire et poursuivit son chemin.

La femme de Samuel lui ouvrit. Rentré voilà plus d'une heure, son époux nourrissait les volailles et ne pouvait pas être dérangé. Nissan insista. L'épouse de Samuel fit venir son mari, tout crotté, puant la fiente.

– Je n'ai pas l'honneur de savoir où se trouve Aron, dit-il de mauvaise grâce.

Nissan le remercia sans envie et quitta le *moshav*, gagnant les endroits où son beau-frère l'avait emmené s'exercer au tir. En chemin, Nissan songea à l'étrange coutume humaine qui consistait à former des couples pour se haïr. Les griffures des branchages, des orties et des chardons formaient un échauffement renouvelé sur la chair dure de ses tibias et celle plus élastique de ses mollets ; le soleil avait plongé sous la ligne indigo de l'horizon et sa lumière rosissait le ventre des nuages, qui prenaient la teinte des loques servant à éponger les étals des bouchers.

Nissan progressait parmi les arbustes, piétinait les grappes de ciste et arrachait les toiles d'araignées tendues entre les branches. La broussaille s'agitait à l'approche de la nuit. Il se retourna vers le *moshav* où quelques lumières s'étaient allumées, s'imagina fuguer.

Pour aller où ? songea-t-il.

Il gagna une futaie, leva les genoux pour mieux écraser les hautes herbes.

– Aron ! s'écria-t-il d'une voix éraillée qu'il ne reconnut pas.

Le vent retourna les frondaisons, Nissan revint à découvert et gravit une pente offerte au couchant. Les ombres portées flottaient sur les choses comme des projectiles suspendus. Nissan lança un caillou, qui ricocha et suivit la pente ; un bouquet de romarin dévia sa course, le projeta en l'air, et le caillou retomba dans un cliquetis, pierre entre les pierres.

Au creux de la vallée, un Arabe marchait vers Nazareth, vêtu d'une tenue bleu passé. Nissan redoutait la nuit, peuplée d'âmes recluses dans le corps des chouettes. Il accéléra le pas et approcha d'un bois d'yeuses aux troncs striés et tors. Les cigales se turent dès qu'il y entra ; les feuilles semblaient taillées dans une plaque de fer oubliée sous la pluie, ourlées de vermeil par le dernier soleil du jour.

– Aron !

Le vent frisa la ramure des arbres dans un bruit de papier froissé. Nissan s'agaça.

– Aron !

Pour couvrir sa peur, il siffla une berceuse yiddish que lui chantait sa mère. Au détour d'un arbre plus gros que les autres, Nissan surprit un homme assis par terre, adossé au tronc, tête penchée sur la clavicule, fusil contre l'abdomen. Il reconnut son beau-frère.

Nissan crut Aron en pleine sieste et s'imagina faire une blague réussie d'office en le réveillant en sursaut. Il ralentit, s'approcha silencieusement et, arrivé juste derrière Aron, poussa un hurlement. Son beau-frère ne réagit pas. Nissan s'agenouilla, le saisit par les épaules et le secoua. Les yeux entrouverts d'Aron n'y voyaient plus. Le vent attisa une odeur ferreuse et grasse ; une substance gluante imbibait les cheveux d'Aron, noircissait ses épaules, des mouches fouillaient sa nuque ébréchée, d'où s'échappaient des caillots brunâtres. Une balle s'était fichée dans le tronc de l'arbre contre lequel il reposait.

*

Esther garda le lit pendant des jours. Un matin, elle reçut une lettre ; Esther exigea qu'on la laisse seule pour la lire. Elle sortit de sa chambre quelques minutes plus tard, en fureur, hurlant qu'elle allait égorger *la pute de*

Crimée qui avait séduit Aron. Yakov, Zeev et Nissan la maîtrisèrent, la recouchèrent.

Dans la chambre de sa fille, Ruth découvrit la lettre en morceaux, sur le sol. Elle la reconstitua et la lut ; c'était l'œuvre d'une certaine Dalila – un pseudonyme, précisait l'autrice. Native de Sébastopol, arrivée voici trois ans dans la vallée, elle vivait dans un *kibboutz* voisin, avec son mari. N'arrivant pas à avoir d'enfants, le couple avait envisagé le divorce ; elle et Aron s'étaient rencontrés quelques mois plus tôt, quand il avait livré du cordage et des vivres dans l'implantation de Dalila. Ils s'aimaient et c'était inexplicable.

Elle avait quitté son mari, s'était installée au *moshav* depuis quelques mois et donnait des cours d'algèbre à l'école d'agriculture pour filles. Elle avait dissuadé Aron d'abandonner sa famille pour elle. Le mari de Dalila lui avait proposé de le suivre à Haïfa puis de gagner l'Argentine pour tout recommencer. Elle avait accepté, mis un terme à son histoire avec Aron. Elle présentait ses condoléances à Esther, s'excusait. C'était sincère et gauche comme les mots d'un enfant demandant pardon après avoir tué sa petite sœur en jouant. Ruth brûla la lettre.

Esther interdit à la maisonnée le deuil de trente jours durant lequel les hommes devaient se laisser pousser la barbe. Elle se rendit à l'école d'agriculture, obtint le vrai nom de Dalila et projeta de rallier l'Argentine afin de l'assassiner. Elle résolut de confier sa fille à la famille, fit ses valises et se rendit à la gare. Personne ne put la retenir. Alors qu'elle attendait le train à destination de la côte en compagnie de sa mère, Esther fut prise de vertiges. Ruth la ramena au *moshav* et réussit à la convaincre de renoncer ; Dina avait besoin d'une maman.

*

Nissan se porta volontaire pour labourer et ensemencer une parcelle achetée par le Mouvement à un dignitaire arabe officiellement proche de la cause des autochtones. Il se mit en branle à l'aube, parmi un détachement de pionniers, avec trois chevaux et une dizaine de mules chargées de graines et d'outils. Sur place, Nissan et les plus jeunes semèrent du blé dans les sillons, les autres clôturèrent le terrain.

Des paysans arabes se massèrent sur un talus qui surplombait le lieu. Nissan poursuivit son travail sans appréhension. Les Arabes continuèrent d'affluer, échangeant des bourrades, parlant de plus en plus fort ; les voix des enfants et des femmes dardaient, claires parmi les ergotages des hommes. Leurs *thoabs* alignés formaient une muraille animée de froissements, seuls indices de l'existence de corps au-dessous.

Les enfants commencèrent à insulter les colons juifs. Nissan comprenait l'arabe mais garda la tête baissée, sema, rêvant d'être sourd ; les cris redoublèrent, les enfants lancèrent des cailloux, les adultes aussi. La position des Arabes les avantageait. Nissan dut se coucher pour se protéger, mains sur la tête ; l'un de ses camarades saisit une pierre et riposta. Nissan vida son sac de semences et le bourra de silex.

Les Arabes envoyèrent les enfants chercher du renfort. Un colon enfourcha son cheval et s'en fut demander assistance dans les *kibboutzim* environnants. À quelques mètres de Nissan, un pionnier en position fœtale gardait la main sur sa joue, du sang coulait entre ses doigts.

Nissan chercha un moyen de prendre les Arabes à revers. Il distingua un chemin qui s'insinuait derrière le promontoire où ils se tenaient ; il s'y glissa, son sac contre sa poitrine, courbé. Il gagna un maquis d'arbustes et gravit la pente ; le sommet atteint, il se tapit derrière un laurier. Soudain, un crépitement furtif le fit se retourner : un jeune garçon se jeta sur lui en brandissant un gourdin ; Nissan se protégea mais une violente douleur traversa son crâne.

Il se réveilla soixante-douze heures plus tard, à la ferme, sans souvenir du combat, la tête lourde et bandée. L'atmosphère confinée de sa chambre lui tira de longues quintes de toux, une lymphe acide reflua dans son œsophage. Sa mère lui apporta une bassine dans laquelle il cracha.

– Tu n'es pas fait pour te battre, toi.

9

Nissan se voûtait, ses épaules tentaient de se rejoindre sur sa cage thoracique, d'enfoncer son buste.

– Tiens-toi droit ! répétait sa mère, inquiète.

Il ressemblait à un adulte contrefait, ne remplissait pas son corps et se déplaçait avec une nonchalance mal vue. Il ne dormait que trois ou quatre heures par nuit, dessinait le reste du temps, même en classe ; il arrivait en retard à l'école et à la ferme, quittait en avance les bêtes et les champs. Cela lui valut une réputation de paresseux, qu'on disait inscrite dans sa démarche dégingandée.

– Arrête de barbouiller, Van Gogh ! Ça te rend moche et feignasse !

Lors d'une dispute, Esther le compara à Aron, avec l'espoir de choquer son petit frère, pour qu'il reprenne le droit chemin ; Nissan perçut le calcul dans la brusquerie de sa sœur, s'en attrista ; elle lui fit pitié, presque. Il haussa les épaules et se rendit dans la campagne, carnet de croquis sous le bras. Nerveux, oppressé, il dessina debout, en cheminant à travers bois et champs, les yeux sur le papier, levant haut les pieds pour ne pas buter dans un terrier ou piétiner une vipère. Il esquissa un portrait halluciné de sa sœur, échevelée, s'époumonant, avec des yeux de démon, des crachotements de bête folle, de Baba Yaga ivre. Devant un village rosé sous le soleil presque éteint, il dessina des plaines rases où surgissaient les boursouflures de grosses pierres blanches, entre lesquelles cascadaient des maisonnettes. Cela le tranquillisait de faire exister ces mondes qui l'emplissaient, nés de l'ennui face aux paysages mordorés du soir, au cœur d'après-midi caniculaires et sans fin, ou en nourrissant les bêtes. La remarque de sa sœur était trop outrancière pour être prise à la lettre, mais ses mots lui étaient entrés dans la chair jusqu'à l'os. Il ressentait trop et devait vomir ce surplus, le tordre, le dessiner, le peindre peut-être. Et il soupçonna que cette gêne douloureuse ne cesserait pas tant qu'il resterait au village, parmi les siens et ces colons qui se faisaient butors, se contraignaient à oublier qu'ils avaient étudié à l'université, parlaient russe sans accent, lisaient Jean Paul dans le texte et pouvaient prescrire les remèdes les plus élaborés, comme Esther, pharmacienne en devenir jamais devenue.

*

Le Mouvement organisa une célébration au *moshav* en soutien aux républicains espagnols. On brandit des drapeaux rouges, on entonna *L'Internationale* et la *Ha-Tiqvah*. Vêtu pour la première fois d'un uniforme de la Haganah, Nissan chanta parmi les chœurs avec un embarras qui croissait à mesure qu'il essayait de le cacher. Ses sœurs et ses parents le montraient du doigt, accentuant sa gêne, fiers.

Un reporter à lunettes couvrit l'événement. La panse comprimée par la ceinture de son pantalon, luisant de transpiration, il suivit aussi les entraînements de la Haganah auxquels Zeev et Nissan participaient.

– Qu'est-ce que tu fabriques là ? lui demanda Nissan, qui l'avait repéré.

– Je prépare un article sur vous, les pionniers, vous êtes un modèle pour tout le *yishouv*.

Nissan voulut lui demander ce qu'il entendait par là mais son frère le tira par le bras et le somma de se concentrer.

*

Les Arabes se soulevaient. Nissan intégra un détachement de la Haganah chargé de protéger l'oléoduc Haïfa-Kirkouk et la ligne Tegart, une traîne de miradors et de barbelés dont le but était d'empêcher les rebelles arabes de se replier au Liban et en Syrie. Nissan avait l'âge de la plupart de ses ennemis, trop jeunes pour être passibles de la peine de mort. Les insurgés déterraient l'oléoduc et le mitraillaient, faisant jaillir des flammes hautes comme des tours, qui illuminaient la campagne d'un éclat infernal à l'odeur de térébenthine.

Le détachement de Nissan guida l'armée britannique lors d'opérations nocturnes visant à identifier les villages supposés cacher des rebelles. Dans la pénombre chaude, ces maraudes entretenaient chez Nissan un plaisir d'aventurier à se sentir vivre une existence d'homme, les mains souillées par la graisse de fusil et les pieds dans la boue des sentes.

Une fraternité sans paroles unissait Anglais, Gallois, Écossais, Australiens et Néo-Zélandais aux colons et fils de colons ashkénazes ; ils s'escortaient jusqu'au petit matin comme deux bandes de prisonniers silencieux et méditatifs. Juifs et sujets de Sa Majesté communiquaient à l'aide de monosyllabes, de signes et de grognements. Nissan parvint à retenir quelques mots d'anglais. Il trouva les *Glish* hautains ; les officiers ne lui adressaient jamais la parole.

– Les *Yids* ont une plus grande gueule que les *Wogs*[1], entendit-il près de leur tente, un soir.

Il plut abondamment à l'automne, la terre ne sécha plus, Nissan apprit à lire le sol afin de se prémunir des pentes glissantes, des ornières et des branchages. Il s'éreintait lors de marches interminables, détrempé,

1. *Yids* et *Wogs* sont les surnoms péjoratifs donnés aux Juifs et aux Arabes par les Britanniques.

lesté de son équipement, dans les nuits noires et sous les averses. Il commença à tousser et à trembler, résista quelques jours à la fièvre mais ne dormait plus. Un matin, il lui fut impossible de nouer ses chaussures, un camarade dut l'aider. Nissan se leva en s'appuyant sur son arme, marcha quelques mètres et s'effondra dans des fougères où un colonel venait d'uriner. Les soldats accoururent auprès de lui, l'entourant d'un brouhaha de yiddish, d'hébreu et d'anglais de Shoreditch.

On le hissa sur un brancard puis le transporta dans un hôpital de campagne, inconscient. Une masse brûlante palpitait dans sa poitrine, l'empêchait de se nourrir et de boire.

Il resta alité quatre jours, au bout desquels la fièvre tomba, l'épuisement lui succédant ; Nissan dormit quarante heures d'affilée. Quand on l'estima transportable, il fut rapatrié au *moshav*.

– Je t'ai acheté des crayons de couleur à Nazareth, entendit-il à son réveil.

C'était sa mère. Contraint de rester alité, Nissan dessina. Ce fut un temps heureux. Sur des feuilles en papier grossier, il esquissait des scènes de combat sur fond de ciels pourpres, lardés de flammes immenses. Il dormait peu, retouchait constamment ses travaux, obsédé ; Nissan cachait sous sa taie une chandelle qu'il allumait la nuit pour reprendre un dessin qui lui résistait. Sa mère s'en rendit compte et lui confisqua son matériel pour l'obliger à prendre du repos.

Sa santé s'améliora mais il devint irritable, capricieux, même avec Ruth ; il redouta la rémission, le retour à la guerre et aux champs. Ses sœurs menacèrent de l'abandonner dans le désert de Judée, sans vivres, ni papier, ni crayons. Il eut un rire inquiet.

*

Les achats de terres se poursuivirent. Certaines parcelles s'emportaient par la force, en chassant les autochtones lors d'opérations mobilisant camions et bulldozers. Pour prendre possession du terrain, les colons y dressaient des palissades, des projecteurs et des tours de guet, avant de labourer l'espace ainsi délimité, sous la surveillance de cavaliers en armes.

Quand Nissan fut rétabli, Zeev le mena reconnaître un fortin édifié par lui et ses hommes : quatre murailles de cent pieds de long, en rondins de bois, sur lesquelles étaient juchés des projecteurs qui blanchissaient la nuit à des kilomètres à la ronde. Un *kibboutz* devait être bâti là. Les pionniers s'activaient au pied des fortifications, creusaient, coupaient le bois, transportaient pierres et gravats dans des brouettes, comme s'ils préparaient un siège.

Zeev salua des camarades et entraîna Nissan près du chantier ; ils pénétrèrent dans le fortin par une brèche fermée à l'aide d'une plaque en métal. Une seconde paroi succédait aux palissades extérieures, de la même hauteur, en rondins de bois également. Des gravats comblaient le vide qui les séparait : le plus solide de tous les blindages, selon Zeev.

La terre répandait un arôme de farine humide, de légumes mûrs et de fumier. Il régnait un calme étouffé, les ahanements des colons produisaient un écho de fond de cuve et les hommes s'annonçaient au bruit de leurs semelles qui claquaient dans la boue.

Zeev serra la main d'un certain Isaac, qui mesurait une tête de plus que lui et Nissan. Issu de la quatrième *aliyah*, comme eux, il était originaire de Pologne et avait les yeux rougis des veilleurs. Zeev et Isaac se racontèrent l'assaut contre le village arabe qui s'était trouvé à cet endroit, la destruction des cultures des *fellahin* sous le regard des chefs de famille. Nissan se sentit gêné pour son frère, Isaac et lui-même. L'impatience le gagna.

– La prochaine fois, je t'emmènerai avec nous.

Nissan hocha la tête sans conviction, son frère prit cela pour de la timidité.

Isaac leur indiqua l'emplacement d'une forêt à demi masquée par une colline, au loin. Comme Nissan regardait dans cette direction, les projecteurs l'aveuglèrent, pareils à des lunes considérables.

*

Lors d'un cours d'arts martiaux, Nissan affronta le meilleur judoka de sa classe d'âge et le battit.

– Jamais j'aurais cru perdre contre le beau-frère d'un lâche qui se suicide ! s'écria le perdant.

Nissan lui envoya une droite qui lui brisa les incisives. Dans la journée, il fut convoqué à la Maison commune, où il se rendit avec sa mère et Malka.

Nissan se justifia en évoquant *une offense gravissime* et refusa de présenter des excuses publiques ; Ruth le sermonna sur l'usage de la violence avec une vigueur de comédienne, mal assurée. Le montant du dédommagement fut fixé à une livre. À l'énoncé du verdict, l'adversaire de Nissan cracha par terre, découvrant un vide entre ses canines.

Une fois dehors, Malka enlaça son frère et le félicita. Ruth garda ses distances, plus timorée. Sur le chemin du retour à la ferme, ils abordèrent un attroupement qui se formait devant l'école d'agriculture pour filles. Un petit chauve barbu prononçait une allocution, monté sur des planches soutenues par des tréteaux. Nissan reconnut l'orateur tombé de scène lors d'une célébration du 1er Mai, un haut responsable du *yishouv*.

Un homme en complet noir se tenait auprès de l'estrade improvisée, mains dans le dos. Un *Glish*.

– Camarades ! En ce jour de l'année 1937, avec nos amis britanniques, nous avons posé les fondations de l'État juif ! s'exclama le petit chauve en désignant l'homme en complet.

Celui-ci l'applaudit, resserra sa cravate et le rejoignit sur les tréteaux sous les applaudissements.

10

L'assassinat d'un commissaire divisionnaire britannique par les Arabes signa la reprise de la guerre civile. Cette année-là, Guernica fut bombardée et la Chine envahie par le Japon, tandis que Nissan observait la migration des pélicans depuis un camp militaire. Il avait intégré un groupement d'élite britannique dirigé par un capitaine anglais nommé Chesterton. Parlant peu, timoré, Nissan ne prononçait que les mots nécessaires à l'exécution des ordres, obsédé par l'idée d'usurper la place d'un plus capable que lui.

Une nuit, son détachement fut appelé sur l'oléoduc Haïfa-Kirkouk, endommagé par des rebelles arabes ; une torche de plusieurs mètres de haut jaillissait du sol, faisait crépiter la terre imbibée de pétrole. Chesterton ordonna d'inspecter les alentours pour mettre la main sur les saboteurs, qui restèrent introuvables. Le capitaine pesta : ce revers menaçait l'existence de son escouade.

Zeev avait mis Nissan en garde contre cet homme à la réputation de fou de Dieu et contre les Britanniques :

– Ils sont tes amis si tu acceptes de mourir pour leurs intérêts.

À l'avant, un détachement activa les vannes de secours et le feu s'amenuisa, la nuit s'éteignit.

Chesterton inspirait à ses troupes une amitié craintive et leur livrait des gestes de camaraderie surprenants pour un officier. Sa conduite l'avait rendu populaire auprès de ses hommes, qui l'appelaient « Hayedid » – « ami » en hébreu. Il n'avait pas la physionomie d'un guerrier et les nouveaux arrivants regrettaient de l'avoir rejoint quand ils le rencontraient pour la première fois. Sa tête sèche à la chevelure albinos flottait sur son buste étiré, sans muscles, et ses lèvres se figeaient dans une lippe risible quand la colère s'emparait de lui. Chesterton organisait les missions avec une méticulosité tyrannique. Ses hommes devaient obtempérer sans question. Dans l'action, son corps s'activait avec une souplesse et une vigueur insoupçonnées.

Chesterton disait combattre à la lumière des Écritures, pour le peuple élu ; il ne possédait aucun sens de la hiérarchie, ne s'estimait redevable qu'envers ses troupes. Une nuit de manœuvre, il accabla d'injures un haut responsable du Mouvement qui avait insisté pour l'accompagner en opération : l'homme avait ôté son casque sans demander la permission et son crâne dégarni, luisant sous la lune, risquait de les faire repérer, selon Chesterton.

Il dirigeait les entraînements aux côtés de ses instructeurs : tir, course, camouflage et maniement de baïonnettes de dix-sept pouces, que les soldats devaient enfoncer dans des sacs de sable. Les offensives s'initiaient ainsi, à l'arme blanche. À force de cacher sa peur, Nissan la ressentit moins. Il tua un ennemi à la baïonnette, le sang l'éclaboussa, ce fut rapide mais il peina à détacher le cadavre de sa lame ; le mort le toisa en exhalant une haleine aigre où passait son âme.

Avant le combat, Chesterton s'adressait à ses hommes comme à des tièdes dont il lui fallait conquérir l'esprit, modeler le courage :

– Vous êtes les fils des Maccabées ! Pourquoi les Arabes vous effraieraient-ils ? Chacun d'entre vous vaut vingt, trente, ou même cent d'entre eux !

La bravoure faisait figure d'obligation morale, envers soi et ses frères d'armes ; il lisait ensuite un passage de la Torah qui se tenait sur les lieux où ils se préparaient à intervenir. Peu lui importait de commander à des Juifs issus d'implantations socialistes et athées.

Un soir, Chesterton lut le Livre de Michée :

– « Ceux-ci alors de leurs glaives forgeront des socs de charrue et de leurs lances des serpettes ; un peuple ne tirera plus l'épée contre un autre peuple, et l'on n'apprendra plus l'art de la guerre. Et chacun demeurera sous sa vigne et sous son figuier, sans que personne vienne l'inquiéter, car c'est la bouche de l'Éternel-Cebaot qui le déclare[1]. »

Nissan se souvint qu'Esther reprenait souvent ces versets, qu'elle condensait ainsi :

– Ce n'est pas l'épée du soldat qui conquiert un pays, mais la charrue du paysan.

*

De retour de mission, les soldats bâfraient sans s'adresser un mot, expédiant la corvée de se remplir avant d'aller dormir. Un matin, profitant d'être l'un des plus jeunes, de ceux dont Chesterton excusait la naïveté, Nissan questionna le capitaine :

– Comment faites-vous pour concilier les préceptes des Écritures avec les actes que nous commettons ?

Les soldats bâillèrent, se levèrent en raclant leur chaise sur le sol ou baissèrent la tête dans leur assiette. Le capitaine observa Nissan avec un rictus bien connu de ses hommes, pouvant annoncer une crise de colère comme un éclat de rire.

– Je ne concilie rien. Je ne m'efforce pas de suivre la totalité des commandements du Christ. Mon métier de guerrier est incompatible avec une grande part d'entre eux.

1. « Michée », dans le Livre des Prophètes, 4 : 3 et 4 : 4. www.torah-box.com/torah-pdf/neviim/michee/4.html

– Et cela ne vous gêne pas ?
– Non, je partage ce travers avec toute l'humanité… Même les prêtres ont des pensées impures.

La nuit suivante, Chesterton guida l'escouade dans une région minée par les insurgés. Ils stationnèrent non loin d'un village soupçonné d'abriter un camp de transit et une infirmerie au service des rebelles. Deux soldats de la Haganah avaient été abattus dans les parages, trois jours plus tôt.

Chesterton y envoya deux hommes déguisés en colons juifs. Quand ces derniers approchèrent du village, une dizaine de rebelles fondirent sur eux, l'escadron de Nissan riposta, tua trois assaillants et intercepta les autres, débandés.

Alertés par les coups de feu, les villageois rappliquèrent, encerclèrent les morts, un groupe de *fellahin* lapida les troupes de Chesterton, qui durent relâcher les prisonniers et se replier. Ils s'engouffrèrent dans des sous-bois, Nissan suivit, chercha sur les visages la trace d'un écœurement semblable au sien, pareil désir d'échapper aux combats et au sang, mais ne trouva que les expressions mornes et absorbées de jeunes gens marchant au pas. Derrière eux, les ahanements des caillasseurs s'atténuèrent, Nissan et ses compagnons les semèrent sans grand effort.

Les Arabes exécutèrent en représailles quatre membres de la Haganah, dont un ami de Chesterton.

Le capitaine apprit la nouvelle lors d'un repas avec ses hommes. La mâchoire en biais, il quitta la table et disparut. Un cri transperça la rumeur qui bruissait dans le camp et Chesterton revint, rameuta les troupes avant d'annoncer la tenue d'une opération spéciale contre les Arabes, la nuit même. L'objectif était un village désigné comme point de ravitaillement pour les rebelles.

Chesterton ne lut pas la Bible. Ils arpentèrent une plaine rase et sans parfum, où surnageaient des rochers baignés d'eau vaseuse. Ils approchèrent du village en une colonne, de front ; un *fellah* s'enfuit dès qu'il les aperçut.

Chesterton conduisit l'escouade sur une placette en terre battue.

– Ramenez les hommes de treize à soixante ans.

Nissan et les soldats s'élancèrent dans les ruelles du village. Sur leur passage, à travers les murs, ils surprirent les chuchotements des familles cachées dans les maisons ; Nissan avait peur, s'imaginait les habitations piégées, prêtes à exploser sitôt la porte ouverte, la mort pour tous. Il entra, fouilla les cahutes et les cabanes d'une seule pièce où il était impossible de se cacher, sinon en s'enterrant. Les soldats criblèrent le sol de coups de baïonnette. Sous les cris des femmes et des enfants, Nissan sortit des hommes par les bras, le col, les poussa devant lui à coups de pied, sans leur laisser le temps de se vêtir, et les déposa devant Chesterton, sur la placette où pères, frères ou grands-pères s'échangèrent des paroles de réconfort précipitées. Chesterton disposa les villageois en U et se plaça au centre, décrivit un tour sur lui-même afin de se montrer.

– Dans quelle maison les rebelles sont-ils restés cette nuit ? cria-t-il en arabe.

Il soupira et décrivit une nouvelle volte, plus lente :

– Dans quelle maison les rebelles sont restés cette nuit ?

Pas de réponse.

– Toi, approche, lança Chesterton à un *fellah* pris au hasard, à peine plus âgé que Nissan.

Le jeune homme ne bougea pas.

– Approche, j'ai dit.

Un soldat le poussa vers le capitaine, le paysan tomba à genoux, se releva et se dirigea vers le capitaine. Lui et Chesterton mesuraient la même taille, le villageois n'osait pas le regarder dans les yeux.

– Dans quelle maison les rebelles ont-ils passé la nuit ?

L'homme ne dit rien, Chesterton empoigna le canon de son fusil et lui asséna un coup de crosse sur le front, le paysan roula sur le sol, le visage couvert de sang, le nez descendu.

– Dans quelle maison les rebelles ont passé la nuit ?

Le silence, toujours. Une masse saumâtre naissait à l'horizon, vers l'est. Chesterton ramena le *fellah* sous lui, le frappa, renouvela sa question et cogna derechef. Une tourbe tiède envahit l'abdomen de Nissan ;

Chesterton battit l'homme, qui hurla de plus en plus fort ; les soldats retinrent les *fellahin* qui tentèrent de se porter à son secours. D'un coup de crosse, Chesterton lui fracassa la boîte crânienne. Une paix humiliante s'effondra sur le monde, Nissan détourna le regard et bloqua sa respiration pour contenir la nausée. Chesterton laissa échapper un ricanement.

– Puisque vous refusez d'ouvrir la bouche, nous allons vous y forcer.

On versa de l'essence sur des hardes étalées au sol, Chesterton ordonna d'y enfoncer le visage des *fellahin*, l'un après l'autre. Comme les autres soldats, Nissan les frappa derrière les jambes pour les forcer à s'agenouiller, saisit leur nuque et enfonça leur tête dans les chiffons souillés. Les villageois hurlèrent, vomirent et crachèrent en maudissant Juifs et Britanniques.

Quand Nissan et sa brigade quittèrent les lieux, les femmes et les enfants du village revinrent auprès des hommes, plaintifs et éplorés.

Il chemina péniblement au retour, enragé contre le destin qui les faisait guerriers, lui et ses frères d'armes. La colonne pénétra en rase campagne. Empestant le pétrole, ils pressèrent le pas comme s'ils fuyaient le jour, redoutant une embuscade ; la Galilée s'éclairait, une lueur maussade ouvrait le ciel.

En tête, Chesterton se confessait à haute voix, sans souci d'être entendu. Nissan crut distinguer le

Deutéronome en hébreu dans ses paroles. Soudain, le capitaine se retourna vers ses hommes au détour d'une colline.

– Vous voyez, je peux me comporter comme je l'ai fait parce que je quitterai ce pays, un jour ou l'autre. Mais vous, vous ne devez pas vous conduire avec les Arabes comme cela. Parce que vous resterez ici et que vous devrez vivre avec eux. Et quand nous aurons remporté la victoire, vous devrez vous souvenir de cette phrase de Milton : « Celui qui a vaincu par la force n'a vaincu qu'à moitié son ennemi. »

11

Les accords de Munich venaient d'être signés, les chaleurs de l'été finissaient. C'était le jour du mariage de Malka. Elle épousait un garçon prénommé Yitzhak, qu'elle avait rencontré lorsqu'il était venu faire les foins au *moshav*. Il occupait un poste élevé à la Histadrout et son père était dirigeant du Mapaï. À Tibérias, les insurgés arabes massacrèrent onze Juifs, dont neuf enfants. L'attaque prit la garnison britannique de la ville au dépourvu et l'escouade de Chesterton fut appelée sur les lieux. Sur le chemin, le capitaine informa ses hommes de l'objet de la mission. Ils s'attendaient à un combat difficile et Nissan au sacrifice de ce qui lui restait d'innocence.

Chesterton posta ses troupes en embuscade, au nord-ouest de Tibérias, sur les hauteurs de la vallée du Jourdain. La mer de Galilée formait un mirage bleu et scintillant, où glissait la lame blanche d'une voile. Les rebelles passèrent sous eux, chargés de meubles, de vaisselle, de bijoux et de vêtements. Chesterton déclencha les coups de feu, Nissan tira. En contrebas, les insurgés regardèrent vers le ciel sans le voir, quelques-uns s'enfuirent mais la plupart se couchèrent dans une mêlée informe et inerte, une quarantaine d'entre eux furent tués. Les hommes de Chesterton restèrent postés de longues minutes, dans l'attente de retardataires, mais aucun n'apparut.

Nissan consolait un camarade, tandis que les soldats repartaient sans attendre. Pour les rattraper, Nissan courut à s'étouffer et Chesterton l'injuria lorsqu'il raccrocha le groupe.

*

Nissan fut d'une dernière mission sous les ordres du capitaine, durant laquelle Chesterton versa du sable et du pétrole dans la bouche de villageois suspectés d'offrir l'hospitalité aux insurgés. Le lendemain, le capitaine se rendit à Jérusalem, se présenta devant les responsables de l'administration militaire britannique, qui lui notifièrent leur décision de supprimer ses escouades, estimant son objectif atteint, la région sécurisée.

Chesterton s'en défendit, il alla de bureau en bureau, dans tout Jérusalem, arpenta cette ville orientale à la paix précaire, agitée par son peuple de toutes les religions. Il s'humilia devant des bureaucrates qu'il considérait comme des idiots châtrés, arrivés au mépris de l'estime de soi.

– La pacification a été menée avec le plus grand succès et vous méritez d'être décoré pour cela. J'intercéderai en votre faveur…, lui dit un général rougeaud, avec l'accent *geordie*.

Un type admirable… L'un des rares gueux parvenus à intégrer l'élite de notre armée, cette engeance de fils de famille à désennuyer, pensa Chesterton, lui-même rejeton de général.

Chaque soir, il honora les invitations à des réceptions, espérant recueillir l'écoute des dignitaires bien disposés par la musique de chambre, les grands crus et les petits fours. En dépit de ses manières d'alumnus d'Eton et de Cambridge, Chesterton faisait un pitoyable mondain, peu capable de se montrer léger, spirituel et détaché de la véritable cause de sa présence ; cela le rendait compassé et ennuyeux dans un univers où faire bâiller était impardonnable.

Lors de l'une de ces soirées, un proche de l'ambassadeur, en délicatesse avec ce dernier, le conduisit dans le jardin de la bâtisse accueillant la *party*. Éméchés, ils déambulèrent parmi un labyrinthe de lauriers roses et d'érables : des bruits s'étaient répandus à travers le Moyen-Orient au sujet des opérations de Chesterton, confia le diplomate, cela se révélait fâcheux car les Britanniques convoitaient les faveurs des Arabes, la guerre avec l'Allemagne couvait et aucun soutien n'était à négliger. Les ordres venaient de Chamberlain : impossible pour le capitaine de sauver ses escouades.

Chesterton quitta la Palestine quelques jours après son séjour à Jérusalem, sans saluer ses hommes. Il périt dix ans plus tard lors d'une mission en Yougoslavie.

*

Nissan regagna le *moshav*, où la famille le célébra en héros. Il subit les accolades, les embrassades et les toasts, avec l'amertume d'un imposteur – on fêtait un personnage qu'il n'était pas, un brave dont il ne voulait pas la place. Il dansa, tapa dans les mains, grotesque comme un ours apprivoisé. En fin de soirée, sous les tilleuls, Malka lui annonça qu'elle s'installait à Tel-Aviv avec Yitzhak, son mari, déjà rentré à la ville car Esther avait refusé qu'il soit présent pour le retour de Nissan.

– Le jour des noces, confia Malka, ma belle-famille a débarqué dans de grosses voitures européennes, déguisée en pionniers… C'était ridicule… Esther en était malade… Elle n'a pas décroché un mot.

Le lendemain, la famille se réunit pour shabbat, une dernière fois. Durant le repas, Malka décrivit son nouvel appartement en front de mer et la vie qui s'annonçait auprès de Yitzhak. Esther servit et desservit la table en silence, rapidement ; Malka savait la colère de sa sœur aînée et veillait à ne rien dire qu'Esther puisse prendre pour une provocation.

Leur père s'amusa en résumant l'union de Yitzhak et Malka ainsi :

– Un homme dont le gagne-pain est d'agiter la langue et les bras en public a épousé une paysanne qui ne veut plus brasser de fumier.

Yitzhak devenait riche et influent en travaillant sans son corps et en dormant tout son soûl, pendant que les pionniers nourrissaient les bureaucrates de son genre en transpirant de l'aube au soir.

Zeev et Nissan renchérirent au sujet de leur grande sœur partante : Malka allait se transformer en Pompadour bonne à prendre des bains de lait d'ânesse livré chaque matin par des pionniers payés en arêtes de poisson par *le roi Yitzhak*. Malka partit d'un rire de tête haut perché pour ne plus rien entendre. Il lui fallait tenir encore quelques heures, avant de pouvoir monter dans le train direction Tel-Aviv et quitter ces paysans esclaves de leurs fermes.

Pendant ce temps, la fille d'Esther passait d'un convive à l'autre : unique sabra de la famille, la petite orpheline plaquait ses mains baveuses sur les cuisses de ses oncles et de ses grands-parents. Elle ricanait avec stridence pour imiter Malka ; dans son esprit d'enfant, sa tante s'amusait.

– De toute façon, il était temps que tu trouves un mari. Tu commençais à te flétrir comme une datte ! lança Zeev.

Ruth et Yakov pouffèrent en échangeant un regard de vieux amis. Nissan et Zeev animèrent la fin de soirée en chantant avec Dina ; les deux frères avaient mûri, leur voix était devenue grave, ils avaient tué.

Une fois la table débarrassée, la vaisselle faite et Dina couchée, Esther s'assit avec le reste de la famille, bras croisés.

– Qu'est-ce qui ne te va pas ici, Malka ? Qu'est-ce qu'on a raté pour que tu préfères aller à Tel-Aviv, chez les vendeurs de limonades, et te faire entretenir par un riche qui fait le beau sur notre dos ?

Le silence tomba, si plein que la pièce sembla murée ; Yakov se passa les mains sur le visage, Ruth s'accrocha au bras de son mari ; Nissan et Zeev baissèrent la tête.

– Ma sœur, dit Malka, je te demande d'accepter mon choix… ou de t'y résigner.

Elle se leva, quitta la table et alla se coucher, sans trouver le sommeil. Malka partit à l'aube, embrassée par tous sauf par sa sœur.

*

La chaleur du jour persistait, la nuit arriva vite ; ils arpentèrent la campagne pendant une heure puis s'arrêtèrent devant un hameau de maisons en glaise. Nissan était entouré de cavaliers, de fantassins en uniformes de la Haganah et de colons en blouses de coton. Ceux qui se trouvaient au volant de tracteurs et de bulldozers descendirent de leurs machines. À la lueur des torches et des lampes à pétrole, les visages apparaissaient cireux et creusés.

Je dessinerai cela, se dit-il, *je rendrai la couleur mate des soldats, la sécheresse de la rocaille, ce parfum moite d'épices et de sel qui flotte dans l'air…*

Désert et plat, l'endroit baignait dans une lueur aquatique, ciel et terre formaient deux masses grisâtres entre lesquelles existait le petit hameau. Les Arabes n'avaient pas de guetteur, aucun berger somnambule à la ronde.

Zeev se glissa entre les maisons avec ses homologues officiers pendant que Nissan et le reste des hommes attendaient à l'extérieur. Zeev frappa à la porte de la première masure qu'il rencontra, un homme ouvrit.

– Où habite le *mukhtar* ?

L'inconnu se retourna, appela et un adolescent sortit de la maison, mena Zeev au chef du village.

Quelques minutes plus tard, Nissan vit son frère et les autres gradés accourir vers eux, les villageois aux trousses : hommes, femmes, enfants, hurlant, munis de faux, de fourches et de machettes… Les Juifs contre-attaquèrent, Nissan arma son Mauser et le serra contre sa poitrine.

Escortées par les cavaliers, les machines qui se trouvaient en première ligne s'élancèrent, le vacarme des moteurs étouffait les bruits, le visage des villageoises se tordait de colère, les enfants lançaient des cailloux et des bâtons, crachaient au visage des colons qui les soulevaient. Les Juifs allumèrent des projecteurs qui aveuglèrent les Arabes, des ombres se déployèrent au-dessus des hommes. Soudain, les Arabes se replièrent, trois femmes se couchèrent devant un bulldozer qui fondait sur une ferme ; Zeev ordonna à Nissan et d'autres soldats de les chasser. Nissan saisit par la taille une jeune fille à peine pubère, pieds nus, qui se débattit, le gifla et le griffa, se ruinant la gorge à gémir. Elle mordit, se plaça en position fœtale pour se faire plus lourde, inamovible, jambes découvertes. Nissan s'empêtra, malmena le gras de ses biceps, de ses mollets et de ses seins naissants, avala les crachats salés par les larmes. La villageoise enfonça ses ongles dans la joue de Nissan, y traça des lignes brûlantes, puis des coups de feu résonnèrent, suivis d'une explosion – le dynamitage d'une grange. Nissan attrapa la jeune fille par les épaules et la jeta au sol. Il se retrouva face à ses yeux bruns qui voulaient savoir ce qu'il était en train de faire d'elle. Elle ouvrit alors les jambes et dévoila son pubis qui saignait. Sous sa poitrine, il surprit son ventre : elle était enceinte.

– Dégage-la d'ici ! s'écria Zeev.

Nissan empoigna ses chevilles et la tira vers lui ; elle se débattit, face contre terre, s'accrocha au sol, poussa un gémissement grave et ses ongles craquèrent. Nissan pensa lâcher. Autour, les autres femmes plongeaient le visage dans la poussière, la serraient à pleine main, les chevelures et les voiles défaits ratissaient le sol. Des enfants se ruèrent sur Nissan, lui donnèrent des coups de pied, tirèrent sur son uniforme. Deux colons lui vinrent en aide pour disperser ses agresseurs, maîtriser la jeune villageoise, l'attacher et la bâillonner ; elle s'agita et rua, de moins en moins vigoureuse, avant d'abandonner. On défit ses liens, on ôta son bâillon et on la fit asseoir parmi les autres villageois rassemblés devant la maison du *mukhtar*. Le visage empourpré, figé par la haine, elle caressait le bras d'une fillette alanguie sur ses cuisses et observait un bulldozer achever une étable.

Nissan surveillait les *fellahin* qui ramassaient leurs affaires tandis que les machines renversaient les murs, arrachaient les pieux et broyaient les charpentes.

Les pionniers labourèrent la terre sous les yeux des Arabes. Nissan s'assit sur un muret qui cernait un petit abri imprégné de la puanteur aigre des chèvres. L'épuisement le berçait comme une houle, ses yeux le démangeaient et il les frotta si fort que des cercles bariolés apparurent autour de lui. Il sauta du muret, entra dans l'abri et s'endormit sur la paille des bêtes.

Son frère lui jeta un seau d'eau en plein visage.

– On t'attend et toi tu ronfles comme un porc...

Nissan suivit Zeev en titubant. Son corps lui faisait mal, des nœuds roulaient sous ses reins et ses omoplates. Ils arpentèrent les ruines des maisons, les champs dévastés, chassèrent les poules en les houspillant. Zeev grimaça, se pencha sur Nissan et le renifla.

– Tu empestes la merde de chèvre... mais je suis fier de toi...

Le soleil se levait droit devant eux, la campagne se colorait d'un vert fertile. Nissan voulait hurler de colère et de terreur, alors il maudit en silence les félicitations de son frère ; ses mains le brûlaient, une barre de douleur enfilait ses épaules et ses trapèzes. Il méprisa la vigueur de sa jeunesse, employée à la conquête d'un pays dont il ne voulait pas.

De retour au *moshav*, Nissan dormit toute la journée avant de se rendre aux champs. Après dîner, il s'assit avec sa mère sur le seuil de la maison tandis que Zeev, Esther et Yakov palabraient sous les tilleuls.

Nissan raconta la jeune femme enceinte, ses saignements, le pugilat. Ruth soupira en contemplant l'horizon, les yeux rapetissés, incommodée par la lueur du couchant. Nissan parla de Zeev, de son intransigeance, de son incapacité à douter. Ruth ne dit rien.

– Pourquoi doit-on jeter ces gens hors de chez eux, raser leur baraque ? lança Nissan.

– Ne demande pas « pourquoi ». C'est un mot auquel rien ne résiste...

Nissan donna un baiser sur le front de sa mère et rentra se nettoyer le visage à grande eau. L'odeur de déjections persistait. Il se coucha et attendit le sommeil, songeant à Chesterton et Aron, qui avaient eu le courage de tout abandonner.

*

À dix-neuf ans, Nissan gérait désormais l'exploitation familiale avec Esther. Sans sa force de travail, la ferme aurait périclité et la famille aurait dû repartir d'où elle était venue, gagner une grande ville – Haïfa, Jérusalem ou Tel-Aviv – pour y exercer de petits métiers mal payés, au service d'autres, propriétaires, se retrouver de nouveau dépendants de la volonté de plus riches que soi. La nécessité tentait de porter un coup de grâce à ses rêves et à ses plaisirs d'artiste ; mais Nissan résistait, se levait deux heures avant tout le monde pour gratter quelques esquisses dans son carnet. Cela l'éreintait et il s'assoupissait dans la matinée et au cœur de l'après-midi, se traînait ; l'épuisement lançait des spasmes dans sa poitrine, le malaxait comme si son corps se digérait. Mais il n'abandonnait pas, résolu à résister au surmenage ; cela lui valut un malaise : une violente envie d'uriner, la sensation que son cerveau s'atrophiait puis le grand noir, dont il se réveilla couché par terre, dans une flaque d'eau stagnante, tombé à quelques centimètres d'une machette, réchappé par miracle à l'empalement.

Les parents vieillissaient, Zeev s'absentait de plus en plus longtemps, accaparé par les manœuvres militaires. Il finirait général, selon Ruth. Il était temps pour Nissan d'épouser une *moshavnik* ou une diplômée de l'école d'agriculture, disait sa sœur qui régnait sur la famille avec une autorité que seule la fatigue adoucissait, le soir venu.

La vie avait enfin pris la tournure qu'ils avaient espérée en gagnant Eretz Israël. Tout tenait en place et cela devait durer toujours, jusqu'à la mort. Zeev travaillait à la ferme quand il était présent au *moshav*. À l'aube et au crépuscule, il emmenait Nissan tirer sur les acacias qu'ils avaient criblés de balles quand ils étaient enfants. Les deux frères s'avouaient alors ne pas se soucier de se marier, Zeev comptait vivre, nocer et ne choisir que des femmes vivant loin du village. Il rapportait des cadeaux pour Dina, cette petite sabra qui parlait mieux hébreu que tout le reste de la famille. Yakov enseignait à sa petite-fille comment tresser des cordelettes en cuir et peindre la coquille d'œufs ramassés dans le poulailler. Ruth avait abandonné le cours du monde aux plus jeunes. Elle tenait la maison et s'était remise à lire en hébreu, en yiddish, en russe, en allemand et en français des livres qu'elle empruntait à la bibliothèque du village. Chaque semaine, ils recevaient une lettre de Malka en provenance de Tel-Aviv – la ville des bons à rien et des vendeurs de cacahuètes, selon Esther.

Un soir, Ruth trouva Nissan particulièrement accablé ; il parlait seul et crachait par terre. Elle glissa son bras sous le sien et l'emmena se promener dans les champs ; ils marchèrent en direction des monts de Galilée, couleur de jade.

– Tu me le dirais si la vie d'ici ne te convenait pas ? demanda Ruth.

Nissan secoua la tête.

– Tu dessines encore ?

Les hirondelles plongeaient au ras des épis de blé en poussant de petits cris aigus, trouaient les essaims d'insectes sortis au crépuscule.

– Je suis le seul homme en pleine force de l'âge à la ferme. Je dessine autant que je le peux, mais jamais assez à mon goût. Je fais ça surtout pour Dina. Qu'elle accroche les dessins dans sa chambre ou qu'elle les déchire, peu importe. Je m'amuse à les faire, j'aime ça et c'est tout ce qui compte…

Ils regagnèrent la ferme à la nuit tombée. Devant la porte, Ruth serra son fils contre elle, son corps d'homme, ses épaules voûtées, son buste et ses bras épaissis. Nissan regarda sa mère avec l'espoir qu'elle le désavoue, le prie d'abandonner la ferme pour se consacrer au dessin, mais Ruth l'embrassa sur le front, rassurée.

12

Zeev revint à la ferme et proposa à son frère de patrouiller sous son commandement. Nissan accepta. Ils furent dehors toute la nuit avec les autres soldats. Au petit matin, alors que leur escouade regagnait le moshav, *ils débusquèrent un vieil Arabe venu récupérer des légumes dans les champs qu'on lui avait confisqués. Zeev ordonna à ses hommes de l'abattre mais Nissan refusa de tirer. À ce titre, il fut traduit en cour martiale et chassé du* moshav, *répudié par la famille.*

APRÈS

13

Alors qu'Hitler envahissait la Pologne, Nissan s'installait chez Malka, à Tel-Aviv. Sa sœur n'avait plus rien de la *moshavnik* au visage basané et aux ongles terreux, son teint avait pâli, elle semblait plus jeune. Ses cheveux lui arrivaient aux reins, elle les enduisait d'une huile qui répandait un parfum de miel et les arrangeait à l'aide d'un bandeau *liberty* différent chaque jour. Ses ongles manucurés brillaient, Nissan aimait la douceur de ses mains quand elle saisissait les siennes. Malka vivait bien, sans regret d'avoir quitté la ferme, triste que sa famille ne lui rende pas visite.

– Les paysans ne prennent pas de vacances, répondit Nissan, pour tenter de la consoler.

Son frère venait à la ville chercher un travail et il avait besoin d'un hébergement, dit Malka à son mari pour le convaincre d'accueillir Nissan. Yitzhak aurait refusé s'il avait su la vérité, elle le savait. Malka et Nissan passaient la plus grande part de la journée dans la même pièce, prenaient leurs repas ensemble et s'avouaient ce qu'ils n'avaient jamais osé se dire en présence de la famille.

– Quand je t'ai vue avec Esther, pour la première fois, vous m'avez fait peur, dit Nissan.

– Pareil pour moi… Quand vous êtes sortis de la zone de quarantaine, vous aviez l'air tombés d'un autre monde. Sur l'instant, je me suis dit qu'on avait eu tort de vous faire venir en Eretz Israël.

– Et Esther s'est dit quoi ?

– On ne s'en est jamais parlé.

Ils évoquaient les gens du *moshav*, les naissances, les unions et les cocufiages, les colères d'Esther et la tendresse insoupçonnable dont elle faisait preuve avec Dina, les mots tendres et caustiques de leur père, les soupirs de leur mère, résignée à ne jamais revoir l'Europe, ses regrets de Vienne et de Paris. Ils ne mentionnèrent pas Zeev.

Nissan parcourut Tel-Aviv à pied, anonyme comme jamais, trouvant tout neuf : les fracas, les disputes, les klaxons, les racolages, les embrassades, la tôle froissée et les vols à la tire. Tel-Aviv lui parut plus blanche que la seule fois où il s'y était rendu, huit ans plus tôt, à un âge où l'on se souvenait mal. Il aimait ces journées vaporeuses, quand la brume de chaleur estompait le contour des immeubles et bouchait les rues au tracé anarchique. Dans les vitrines, Nissan découvrit les bigoudis électriques, les grille-pains et les canapés convertibles. Il suivait l'étendue plissée de la mer, qui bleuissait, grisait ou verdissait selon le ciel, se promenait dans Neve Tsedek, longeait ses murs couverts de fleurs puis gagnait Jaffa, dessinait les caboteurs, les chalutiers et les pêcheurs qui ravaudaient les filets, ébreuillaient le poisson, assis sur les quais, parmi les nasses et les casiers. Il était libre sans savoir quoi faire de cela, libre tant qu'il avait de quoi payer le nécessaire : pour encore deux ou trois semaines, tout au plus. Il pouvait déambuler, s'asseoir au café, flâner sans savoir quand il devrait rentrer chez sa sœur. Il lui fallut plusieurs jours pour réaliser qu'il lui était possible de dessiner de nouveau. Fini les nuits écourtées, plus besoin d'aucune autorisation ni de subir des regards obliques s'il disparaissait quelques heures. Il n'était plus de nulle part, n'allait nulle part. Dans une petite papeterie qui sentait fort le thym et le citron chaud, où la caisse était tenue par un enfant très bronzé, aux cheveux sombres, il trouva un nouveau carnet de croquis. Nissan hésita entre le moins cher, semblable à ses cahiers d'écolier à couverture en papier grossier et un autre, à la couverture cartonnée, revêtue de moleskine. Il choisit ce dernier, comme un cadeau accordé à la nouvelle personne qu'il était, dans une ville dont il ne connaissait rien, où il n'avait jamais rêvé de vivre mais dont il appréciait la paix que lui octroyait l'indifférence du nombre.

Nissan trouva un emploi payé une misère et une chambre dans un foyer de jeunes travailleurs de la Histadrout, grâce à l'intervention de Yitzhak. Il vécut seul, défiant la famille qui l'implorerait bientôt de regagner le village, croyait-il.

Il nettoyait un atelier où l'on usinait les diamants. De jour comme de nuit, Nissan balayait le sol, frottait les murs, à recueillir la poussière dégagée par la taille de cailloux qui valaient des siècles de salaire. Au bout de quelques mois passés là, même les plus robustes attrapaient une mauvaise toux, la poudre de diamant se fixait dans les poumons.

Avant de quitter l'atelier, un contremaître nettoyait les ouvriers, recueillait le moindre grain de poussière sur eux et leurs vêtements, d'office retranché de la paie.

– Ça aussi, tu peux l'enlever de mon salaire, lança un ouvrier syrien, le jour de sa démission, en lui crachant au visage.

Nissan voulut savoir ce que l'homme ferait après le diamant.

– Je trouverai un autre boulot où me tuer à la tâche et je léguerai mes organes à ma mère : il y a quelques carats à gratter ! dit-il.

Les ouvriers se retrouvaient à la sortie de l'atelier pour s'éviter la solitude ; la plupart étaient des hommes jeunes et célibataires, sans famille à Tel-Aviv. Ils créèrent un syndicat pour en finir avec le système de déduction sur traitement et les brimades des contremaîtres. Ils réclamèrent l'égalité des salaires pour les travailleurs, juifs comme arabes, à l'échelle de tout le mandat britannique sur la Palestine. Nissan y adhéra.

Ils se réunissaient dans une cave aux murs de béton nus, bardés de petits globes métalliques ; l'endroit ressemblait à un bunker converti en maison de passe. Ils se plaçaient en cercle et les orateurs se succédaient pour exiger l'instauration de registres de doléances, le lancement de grèves, la solidarité entre les corps d'industrie et la constitution d'une caisse d'entraide mutuelle.

– Les gars respirent trop de poussière, ça les tue… Il faut des protections… On ne peut plus crever à tailler des cailloux que les riches offrent à leurs putains, lança Nissan quand il prit la parole.

Il fut convié à des réunions secrètes du Parti communiste, interdit par les autorités britanniques. Juifs et Arabes s'y côtoyaient ; Nissan rencontra des gens comme lui, échappés de leur milieu, inadaptés, enragés, réfugiés à Tel-Aviv et son amnésie frénétique de cité à bâtir. Ils vilipendaient la Histadrout, qui favorisait l'embauche des Juifs, et les patrons qui employaient des Arabes pour les payer une misère. Nissan se garda de mentionner son passé, le grade de son frère au sein de la Haganah et le poste de son beau-frère à la Histadrout.

Montés sur un banc, ils se juraient d'accomplir une révolution pour libérer le monde de l'exploitation de l'homme par l'homme. Ils justifièrent le pacte de non-agression entre Hitler et Staline comme une habile manœuvre du *petit père des peuples* pour mieux préparer l'attaque contre les nazis. À l'écart, en secret, ils s'avouèrent ne pas comprendre.

*

La chambre de Nissan sentait le ciment et le sable, l'odeur des dunes de Tel-Aviv arasées pour en faire de la pâte à béton. Un membre du syndicat occupait une chambre voisine de la sienne, un *kibboutznik* venu de Lituanie avec sa famille, trois ans après Nissan.

– Je retournerai auprès de mes proches… Ici, je veux juste apprendre la vie, disait-il.

Il se nommait Urik et peignait. Il invitait Nissan à partager les victuailles qu'il recevait du *kibboutz*. Le plus souvent, ils dînaient ensemble d'un morceau de pita, de légumes crus et de halva. Sans avouer qu'il dessinait, Nissan demanda à Urik la permission de rester avec lui pendant qu'il peignait. Quand Urik souhaitait prendre une pause, Nissan l'en dissuadait, proposait de ramener le verre d'eau ou le biscuit dont il avait envie. Urik devait insister pour qu'il lui permette de s'arrêter.

Le voyant à l'œuvre, Nissan réalisa qu'il existait des gens suffisamment sûrs de leur vocation d'artiste pour s'y adonner sans mauvaise conscience, pendant que les autres mortels travaillaient dans les champs, les usines et les bureaux.

Nissan appréciait les toiles d'Urik ; il ne se jugeait pas plus talentueux que lui mais avait la conviction qu'il lui fallait atteindre une perfection propre à lui seul et que l'accomplissement de cette perfection pouvait lui permettre de faire date en tant que peintre.

Nissan osa lui demander deux toiles vierges, un vieux pinceau écrasé et quelques tubes de couleur – du brun, du blanc, du bleu et du noir. Il peignit des arbres dressés sur le ciel, poussant sur la pierre fissurée comme un visage offert au soleil. Il parvint à créer un continent vert, par lequel il fit passer des chemins, des bandeaux rougeâtres, épousant les vagues du terrain qui entraient dans le ciel bleu où fumaient des nuages gorgés de ce jus de plomb qui annonçait le vent d'altitude et la chaleur. Nissan acheva deux toiles en quelques heures : une vallée sans nom, dans laquelle il avait dû se réfugier en songe, lors d'une nuit où il avait rêvé qu'il s'enfuyait de son village, et une cordillère de péninsules couleur de lune qui se jetaient dans des lacs argentés. Il n'avait pas pris la peine d'ôter sa tenue de travail, qui collait à son buste. Il ouvrit grand la fenêtre, s'assit devant, pour voir le ciel, et s'endormit en regardant les points qui flottaient dans ce néant sans fond où court ce que nous sommes et voudrions être.

Les jours suivants, sitôt qu'il regagnait sa chambre, Nissan travailla ces deux toiles. Bientôt, il osa montrer ses dessins à Urik. Impressionné, son voisin lui proposa de l'accompagner à son cours de peinture, au sein d'un studio dirigé par un artiste originaire de Russie. Les élèves s'acquittaient du montant qu'ils souhaitaient et comme ils le pouvaient ; certains réglaient en fruits secs et en bortsch. Nissan accepta.

Au studio, le maître se hurlait des ordres à lui-même, auxquels il obéissait une fois sur deux. Il prophétisait, allait et venait frénétiquement quand il s'enthousiasmait, sa tête giguait et sa voix prenait un ton martial qui faisait sursauter Nissan. Surmontés de sourcils noirs et pentus, ses yeux semblaient creusés au couteau, sans blanc.

Chaque geste de l'artiste était le fruit d'un choix décisif, qui salissait ou sublimait la toile, selon lui. On se battait pour accoucher du Beau dissimulé en soi, dont notre vie de chair ne voulait pas. Cette quête antinaturelle n'assurait pas de subsistance, exigeait qu'on se dépouille pour l'exprimer, à force de travail, dans un délire de bourreau égotiste nourri par une mégalomanie nécessaire, un supplice d'accouchement. Une fois achevé, un grand tableau devenait indispensable au monde.

– Avant d'avoir posé la moindre esquisse, vous avez devant vous, en puissance, la plus belle œuvre d'art de l'histoire, répétait le maître.

Il encouragea Nissan à s'engager dans l'abstraction, à grossir les figures, à pulvériser les personnages, à coller du tissu, de la terre, du carton, du sable, des pierres et du papier sur sa toile. L'art nouveau réclamait de la matière, la peinture ne suffisait plus.

– La frustration vous a rendu insatiable. Accueillez la faim qui vous brûle et servez-vous-en, affirmait le maître.

*

Une bonne partie du salaire de Nissan passait en pinceaux, toiles et couleurs. Quand sa mère lui rendait visite, il décrochait ses tableaux, cachait tout cela chez Urik et sous son lit. Ruth n'aurait pas compris que son fils se nourrisse au rabais et serait devenue folle si elle avait appris qu'il renonçait parfois à manger pour investir l'argent ainsi économisé dans du matériel de peinture.

Ruth lui rendait visite une fois par mois, à shabbat. Elle s'annonçait dans des lettres au bas desquelles Yakov couchait une salutation tendre.

La veille du départ de Ruth pour la ville, Esther éprouvait sa mère, tentait de l'édifier en rappelant la gravité de la faute de Nissan et les devoirs des pionniers. À ses yeux, Nissan était un déserteur et la honte de la famille.

– J'aime tous mes enfants, lui répondait Ruth.

Le lendemain, après avoir préparé le petit-déjeuner de la famille, Ruth s'avançait sur la route de Nazareth et montait dans le premier *sherout* pour Tel-Aviv. Elle emportait quelques affaires et un sac de victuailles, imaginant son fils hâve et famélique.

La nuit qui précédait l'arrivée de sa mère, Nissan ne dînait pas et dormait peu, mal. Le bus déposait Ruth à quelques pâtés de maisons de chez lui ; Nissan l'attendait à la descente, en essayant de cacher sa joie.

– Comme tu changes ! s'écriait-elle, pressant le visage de son dernier fils entre ses mains froides et sans chair.

Il la prenait dans ses bras pour couper court à la sensation de n'être qu'un enfant, un squelette issu d'un sexe, puis l'emmenait chez lui en portant son bagage.

Ruth scrutait les gens de la ville, qui marchaient trop vite, les maudissait quand ils la frôlaient ; elle contemplait les vitrines, les mannequins sans tête, vêtus de robes et de costumes valant un mois de travail au *moshav*. Elle s'amusait de cette foule qui essayait d'échapper au tumulte en se réfugiant dans les cabines téléphoniques, sur la plage et les balcons ; cela lui rappelait Odessa, Kherson et Kishinev.

Elle prenait la main de son fils, lui jetait des regards de biais, avec la fierté mélancolique d'avoir éduqué un homme assez solide pour aimer la vie, malgré tout ce qui leur était arrivé. Dans la chaleur de ce Moyen-Orient où rien ne l'avait destinée à vivre, Ruth imaginait François-Ferdinand épargné, la Première Guerre jamais advenue.

– Nous serions restés en Ukraine et nous vivrions sous le règne d'un tsar que la modernité aurait peut-être rendu magnanime. Esther et Malka auraient poursuivi leurs études, elles seraient pharmaciennes, médecins…

Elle aurait voulu s'entendre dire qu'elle et son mari avaient fait le bon choix en ralliant la Palestine et que l'univers conspirait au bonheur de la famille par des voies détournées.

Il faisait entre vingt-cinq et trente degrés, malgré l'heure matinale. La flaque tremblante d'un mirage voletait sur les trottoirs, plaçant l'océan à chaque bout de rue. Parvenue chez Nissan, Ruth ouvrait la fenêtre, préparait le repas en chantonnant et serinant les nouvelles du *moshav*, sans se préoccuper d'intéresser son fils, lequel, assis sur son lit, la regardait s'activer, un peu plus vieille à chaque voyage.

Mère et fils mangeaient vite, l'un à côté de l'autre. Nissan disait trouver le repas succulent et cela enchantait Ruth ; jamais il ne lui avoua ratisser les fins de marché, avec les pigeons et les chiens errants, pour manger à sa faim. Ils essuyaient leur assiette avec le pain frais du *moshav*, encore tiède, puis se dévisageaient avec embarras, sans comprendre pourquoi ils ne vivaient plus ensemble.

Nissan parlait du travail à l'usine, de ses cours de peinture.

– Bientôt, je te montrerai mes toiles, lançait-il.

Sa mère hochait la tête pour lui plaire mais ne souhaitait que sa santé et sa survie. Nissan devait parfois hausser la voix pour couvrir celle des pensionnaires du foyer, qui sortaient de leur chambre en criant, claquaient les portes et se bousculaient, pressés de se rendre à la mer.

Venait la tentation de la sieste ; Ruth se frottait les yeux, Nissan luttait aussi, ne voulant rien manquer de la journée déjà à demi écoulée. La vaisselle faite, Ruth reprenait son sac vide et Nissan la menait au front de mer.

– Ici, le vent n'a pas la même odeur qu'en Galilée, il sent la tempête.

En chemin, ils raillaient les promeneurs endimanchés, se décrivaient les enfants jouant sur la plage, les vagues et, sans se le dire, se rapprochaient de l'arrêt du *sherout*. Une fois qu'ils y étaient parvenus, Ruth arrêtait son fils et l'embrassait, lui recommandait de prendre soin de lui, d'écrire, lui faisant jurer d'envoyer un télégramme s'il venait à manquer de quoi que ce soit. Ils attendaient que le *sherout* apparaisse au fond du boulevard et qu'il se gare devant eux. Ruth montait à bord, lançait un baiser de la main ; dans un effort qui lui coûtait, elle regardait droit devant elle, pour ne plus voir son fils, les portes se refermaient et le *sherout* partait.

Une fois seul, Nissan se ruait dans la ville, marchait à s'étourdir, maudissait Tel-Aviv et ses habitants au visage fermé, qui haïssaient le destin ayant fait leurs jambes trop courtes, incapables de les propulser assez vite.

Les jeunes femmes passionnaient Nissan ; elles se vouaient un culte à elles-mêmes, effarouchées et flattées des regards qu'elles allumaient, minaudant avec une indifférence affectée, qui décourageait Nissan de les approcher. Elles existaient dans une paix d'ourlets nets et de senteurs musquées, étrangères à toute idée de sexualité ou de défécation. Assis sur le banc d'un jardin public, Nissan les croquait sur son carnet dans leurs robes à peine bouffantes, qui laissaient deviner les corps.

Quand Mussolini bombarda Tel-Aviv, l'une d'elles se retrouva à côté de lui, dans un abri souterrain. Elle priait, croyait la fin de son immortalité venue, reniflait bruyamment ; la peur insultait son statut sacré, démontait son visage lisse que les larmes faisaient luire. Nissan hésita à poser la main sur son épaule, à lui glisser que tout irait bien ; elle se moucha dans sa manche, se tourna et s'endormit assise, tête contre le mur. La nuit suivante, Nissan rêva qu'elle le suivait dans sa chambre.

*

Il rencontra une fille prénommée Rachel lors d'un cours de peinture. D'une beauté assez commune, elle possédait un nez légèrement busqué, des yeux noirs, des cheveux clairs et fins. Discrète, elle lui inspira aussitôt de la tendresse avec son air de ne pas réclamer la protection dont elle avait besoin.

Arrivée de Hongrie sept ans plus tôt, fille unique, elle habitait un petit deux-pièces avec ses parents. Rachel ne supportait plus son père, un comptable insensible à tout ce qui ne touchait pas à son avancement, ni les lamentations de sa mère, employée de bureau soumise qui avait enfanté par devoir. Rachel ne demanda rien à Nissan au sujet de sa famille.

Les parents de Rachel exigèrent qu'elle cesse les cours de peinture. Elle fugua et Nissan l'hébergea, au mépris du règlement du foyer, où les femmes ne pouvaient pas loger. Il n'était pas amoureux d'elle et le lui confia ; elle le remercia de sa franchise, offensée. Dans la chambre, ils travaillaient l'un à côté de l'autre, chacun tourné vers un mur, afin de partager la lumière venue de la fenêtre.

Rachel peignait des toiles abstraites qu'elle appelait des « saynètes cérébrales », lardées de flashs, d'étoiles, d'éclats et de filaments, qui représentaient l'activation des neurones aux instants les plus intenses de la vie : dépucelage, mise à mort, déclaration d'amour, venue au monde, deuil d'un parent, d'un enfant…

Avec Ruth, Rachel était la seule habitude dans l'existence sans pause de Nissan, emplie de rencontres, de connaissances vagues et d'amis auxquels il ne disait rien de sa vie antérieure.

Rachel le distrayait, il aimait l'entendre s'épancher sur la médiocrité de ses parents – leur esprit rangé comme un livre de comptes, obsédés par le respect des horaires de bureau, fascinés par leurs chefs – et ses terreurs artistiques, sa crainte incessante de ne plus être capable de peindre. Nissan lui confiait son angoisse d'être un perdu de plus, n'ayant pas su choisir sa voie, dépourvu de talent. Ils s'écoutaient à défaut de se comprendre et revenaient immanquablement l'un vers l'autre.

Ils sortaient au cinéma et dans de petits restaurants d'habitués où Rachel payait ; ils se rendaient à la plage le dimanche, comme les gens dont la vie consistait à travailler la semaine pour se loger, se nourrir, payer des impôts et entretenir le monde tel qu'il était, sans en attendre rien de plus.

Pendant quelques semaines, ils vivaient en fiancés, en promis, puis Nissan se lassait et disparaissait quatre ou cinq jours. Rachel retournait chez ses parents, résignée à cette succession de guerres courtes et de paix longues.

*

Les nazis attaquèrent l'Union soviétique. Avec d'autres communistes, Nissan intégra la 8e armée britannique, cantonnée près de Tel-Aviv, parmi une soldatesque issue de tout le Commonwealth.

Les officiers procédèrent à l'inspection des troupes et des équipements avant le départ pour l'Égypte, afin d'y affronter Rommel. Au garde-à-vous, les recrues rivalisaient de raideur pour ne pas arrêter l'attention du capitaine sur elles ; le gradé évaluait la bonne tenue des chaussettes hautes, des shorts longs et des casques plats, homme après homme. Gainé par sa ceinture en cuir ciré, il rentrait le ventre pour aplanir un bourrelet qui entrouvrait sa chemise et progressait lentement, faisant crisser ses pas dans les gravillons, écarlate comme un quartier de viande faisandée, lissant sa moustache rousse et tombante qui blanchissait sous le nez.

Le capitaine se figea devant Nissan, qui le dominait d'une bonne tête, approcha son visage du sien.

– Comment osez-vous déshonorer ainsi l'uniforme de l'armée britannique ?

Nissan ne comprenait pas. Excédé, purpurin, le capitaine désigna le short de Nissan, que ce dernier avait découpé à mi-cuisse, comme ceux de la Haganah. L'officier reposa la question en crachant des miettes humides dans une écœurante haleine d'assoiffé ; Nissan haussa les épaules.

– Insubordination ! s'écria le capitaine.

Le gradé ordonna la mise à l'isolement de Nissan et fit déduire de sa solde le coût de la remise en état de l'uniforme.

Au trou, dans la chaleur malsaine du confinement et l'obscurité, Nissan joua brièvement avec l'hypothèse du suicide : après tout, la vie s'annonçait trop pleine de chagrins et de tromperies, sans promesse convaincante de plaisirs et de satisfaction ; le jeu n'en valait pas la peine et l'ennuya soudainement. Puis il songea au chagrin de ses parents, aux femmes avec lesquelles il pourrait coucher, aux toiles à peindre, à la guerre qui l'attendait, plus grande que lui… Il finit par chasser l'idée de mettre fin à ses jours, qu'il jugea idiote, capricieuse. La nuit même, il s'imagina gifler le capitaine à moustache et rejoindre les Soviétiques par-delà les mers.

Il fut libéré, sûrement plus tôt que prévu. On le somma de se doucher et on lui octroya un paquetage. Regagnant ses quartiers, Nissan traversa un camp méconnaissable, dépouillé de ses tentes. Les soldats s'activaient, chargés de sacs, portant des caisses d'armes et de munitions.

14

Le désert n'appartenait à personne ni à aucun pays, les hommes et leur soif y faisaient figure d'intrus. La monotonie de sable et de pierres noyait les soldats, repoussait l'horizon, écrasait le ciel. L'air brûlant assourdissait le ronflement des moteurs poussés à fond. Casques, armes, uniformes, boucles, chaussures et sangles… tout cramait.

Assigné au transport de vivres, de troupes et de matériel, Nissan conduisait un semi-remorque sur des pistes informes qui le balançaient ; les soldats tassés à l'arrière l'insultaient quand cela remuait trop. Pour tenir le volant, il devait l'envelopper dans un linge humide, qu'il fallait arroser souvent.

La toile de sa remorque couvait un souffle de four mais Nissan avait interdiction de l'enlever. Chars et blindés soulevaient un voile de poussière qui troublait le ciel, les soldats cloquaient, portaient l'uniforme comme une bure rissolée, le soleil rôtissait les organes, donnait l'envie d'ôter sa peau, de s'éviscérer.

La réverbération écrasait les pupilles de Nissan ; le supplice se prolongeait la nuit, quand une résurgence lumineuse tenaillait ses yeux. Il s'enduisait le corps de saindoux pour atténuer les brûlures causées par le soleil mais le mal l'empêchait de s'endormir. Il souffrait comme un ébouillanté tout en claquant des dents ; les températures n'excédaient pas dix degrés la nuit et dépassaient cinquante le jour. L'amplitude tordait le métal et brisait les bouteilles en verre, faisant croire à une embuscade ennemie.

Sur du carton sale ou un emballage d'allumettes, il crayonnait les dunes, des silhouettes bédouines fantasmées, rôdant autour d'oasis et sous de grandes étoiles. Des saynètes qu'il échangeait contre du tabac, des biscuits.

À Tobrouk, la 8e armée libéra les troupes assiégées par les forces de l'Axe depuis deux cent quarante jours. Nissan apprit à identifier ses frères d'armes à la voix ; caché dans la rocaille, il tira à l'aveugle sur des ennemis indistincts, priant pour que la justice aléatoire de la guerre le laisse survivre.

Les Alliés se ramassèrent vers le Machrek afin de protéger Suez, Alexandrie et le Moyen-Orient. Cette nation éphémère d'hommes du monde entier marcha sous l'incendie du ciel qui cognait sur leur casque.

Nissan accueillait le vent comme une grâce provisoire, même lorsqu'il annonçait une tempête de sable.

Réchappés du massacre de milliers de leurs semblables, les soldats devenaient idolâtres, confectionnaient des amulettes avec des morceaux de bois et des carapaces, élaboraient des rituels et des prières. Nissan tressa trois petites branches sèches pour en faire un œil, qu'il glissait dans sa chaussette les jours de combat. Le frottement de la breloque sur sa malléole le tenait en alerte, lui rappelait le devoir de ne pas mourir.

*

Sur la route de Suez, le convoi de Nissan emprunta un chemin escarpé qui faisait chasser les roues de son camion. Monté à bord à cause d'une insolation, un Libanais prénommé Moussa occupait le siège passager, à côté de Nissan. C'était le cœur d'un après-midi interminable ; ils avaient levé le camp dans la nuit, avant la chaleur. Chaque mouvement laissait Nissan trempé. Il somnolait, ses yeux se fermaient mais le temps pressait, impossible de s'arrêter. Soudain, Nissan s'assoupit brutalement, son véhicule quitta la voie, percuta des blocs de pierre sur l'accotement et versa dans un ravin. Les hurlements de Moussa le réveillèrent ; le véhicule s'écrasa une dizaine de mètres en contrebas. Deux autres camions s'arrêtèrent et une vingtaine d'hommes en descendirent, hésitant à porter secours à Nissan et Moussa, redoutant que leur semi-remorque explose. Un soldat australien dévala la pente en position assise. À mains nues, il tenta d'extraire Nissan et Moussa de la carcasse crevée par les essieux. Une fumée noire s'en échappait. Trois hommes le suivirent et l'aidèrent à les désincarcérer ; le camion vola en éclats quelques instants après.

Nissan revint à lui deux jours plus tard. Moussa avait succombé à ses blessures, lui apprit-on. Nissan en garda l'image d'un jeune homme châtain aux sourcils fournis, qui décrivait absolument tout ce qu'il voyait, coude posé sur la fenêtre, main ouverte dans l'air sec.

Sitôt jugé transportable, Nissan fut rapatrié. Il préféra Tel-Aviv au *moshav* ; Malka l'hébergea, changea ses pansements et lui administra les antidouleurs qu'on lui avait prescrits. La lumière du jour lui causa des vertiges et lui brouilla la vue, si bien que sa sœur ordonna à sa domestique de laisser les volets de la chambre fermés. Il dormit vingt heures.

Quand Nissan se sentit mieux, Malka lui fit la conversation, évoqua son désir d'enfant et Yitzhak, qu'elle savait infidèle. Elle prétendait aimer sa vie, son vaste appartement, à un étage si élevé qu'il semblait flotter dans l'azur, ses chemisiers en soie, ses tailleurs parisiens et ses robes du soir. Elle se disait fière de Nissan, auréolé de son prestige de soldat en lutte pour le monde libre, contre les fascistes et les antisémites.

Rachel rendit visite à Nissan, au nom des élèves de leur studio de peinture. Malka savait qu'elle et son frère s'embrassaient dès qu'elle s'absentait de la pièce. Le désœuvrement l'avait rendue perspicace, avide des passions des autres.

Rachel avait emménagé dans un appartement qu'elle partageait avec deux jeunes hommes ; Nissan dit s'en réjouir, avec un détachement qui contraria sa petite amie.

– Tu n'es pas jaloux ?

– J'ai mieux à faire.

Rachel lui montra ses travaux récents, des toiles qui représentaient des ouvriers et des paysans au travail. Dorénavant, elle méprisait l'abstraction.

– Du gribouillage de snobs.

Quand Nissan put sortir, Rachel lui présenta les artistes qui lui avaient inspiré ses nouveaux crédos esthétiques, ses colocataires notamment. Certains se trouvaient en permission, comme Nissan ; ils peignaient, noçaient, se baignaient et faisaient l'amour autant que possible, sans grand plaisir, dans l'obsession de vivre, sans jamais vivre assez.

Ils se retrouvaient dans un café près de la mer ; des relents de poisson à l'agonie et d'eau peuplée entraient par les fenêtres. C'étaient de jeunes gens aux habits élimés, qui fumaient des cigarettes sans filtre leur jaunissant le bout des doigts.

– Notre pays est jeune, il exige un art nouveau.

Nissan se souciait peu de leurs controverses théoriques. Seuls comptaient ses propres toiles, les conseils du maître et la longue transe du tableau en train de s'élaborer. Il ne ressentait pas le besoin de l'expliquer ni de le décrire.

Il tourna la tête et surprit l'embarras de Rachel face à un jeune homme menu, si blond que le soleil rendait sa chevelure translucide.

Ils ont baisé ensemble... encore cette vieille histoire d'accouplement, pensa Nissan, qui se découvrit jaloux, amer, et partit dans Tel-Aviv sans saluer Rachel.

*

Le lendemain, Malka réveilla Nissan, lui apporta son petit-déjeuner, puis s'assit au bord de son lit.

– Aujourd'hui, les parents viennent te rendre visite.

– Et c'est maintenant que tu me le dis ?

– J'avais peur que tu prennes la fuite.

Nissan baissa les yeux, consterné.

– Esther les accompagne. Dina sera là aussi.

– Je n'ai rien à dire à Esther.

– Elle non plus... Elle veut juste te voir, elle a appris pour l'accident.

Nissan attendit la famille sur un des trois sofas du salon. Dina entra en premier, suivie de Yakov et de Ruth ; ils embrassèrent Nissan, Esther arriva juste après, posa brièvement la main sur l'épaule de son frère et s'écarta.

Nissan raconta ce qu'il avait vu à la guerre, ce qu'il allait voir et l'on commenta les dernières nouvelles : en Afrique, les Alliés progressaient vers le couchant.

La famille se rendit sur le balcon. Esther et Nissan se retrouvèrent seuls. Du sofa où il était allongé, les silhouettes à contre-jour des parents, de Malka et de Dina formaient un massif ombrageux, hérissé de têtes et posé sur la mer. Nissan interrogea Esther :

– Qui te remplace à la ferme pendant que tu es là ?

– Arrête, ça ne t'intéresse pas, rétorqua sa sœur.

– Tu as dit aux gens du *moshav* que tu venais ici pour me rendre visite ?

– Certains doivent s'en douter. Et c'est bien comme ça.

Un silence dura.

– Sais-tu où se trouve Zeev ? demanda Nissan.

– Il combat mais on ignore où.

Dina revint dans le salon, s'approcha de son oncle et lui demanda s'il avait déjà assassiné quelqu'un ; Nissan acquiesça. Ruth voulut en savoir plus sur l'accident. Nissan décrivit la route étroite, la possibilité d'une défaillance mécanique : les freins grippés ou la direction faussée lors du franchissement d'un gué. Rien n'inculpait Nissan, rien ne l'innocentait, il avait tué malgré lui. Yakov caressa la tête de son fils.

Le front contre la baie vitrée, blanchie par la lumière du jour à son zénith, Esther était la siamoise de son reflet ; Malka la rejoignit, les deux sœurs parlèrent, rirent presque.

Nissan s'endormit et se réveilla en début de soirée ; la famille était déjà partie. Il refusa de dîner, regagna sa chambre et dessina jusque tard dans la nuit.

Les jours d'après, Nissan assista à une réunion du Parti et suivit un cours au studio avec Rachel, qui lui proposa de venir passer la nuit chez elle. Nissan déclina, pour aller s'asseoir dans un square et dessiner les passants, qu'il affubla de faces de trolls, de coiffures ridicules, hautes et ouvragées comme des colonnades.

Il travailla jusqu'au lendemain matin, tailla aux ciseaux de longues bandes de papier journal, qu'il trempa dans la peinture avant de les coller sur des toiles où il avait préparé un lavis vieux rose. Il enfonça les mains dans les seaux de colle, composa des monstres aux membres hirsutes, ondulés comme des éclairs, des araignées affolées, des incendies ou des humanoïdes recroquevillés, transis par la fureur, aux bras de cristal. Nissan termina en arrachant de pleines pages, qu'il bouchonna, tordit, plia et colla sur ces aberrations pour les compliquer d'excroissances.

Sitôt qu'il s'assoupit, Nissan se retrouva enfermé avec la mère de Moussa dans la cabine de son camion.

La vieille femme voilée se couvrait de sang comme il se répandait en excuses tout en actionnant la poignée de sa portière pour s'échapper de l'habitacle. Des spectres s'emparèrent de lui, le sortirent, le menèrent sur la place du *moshav*, où ils lui remplirent la bouche d'immondices et l'enterrèrent vivant.

*

Nissan participa aux deux batailles d'El-Alamein. Couché sur le sol pétrifié par la chaleur, derrière des empilements de gravats, il retrouva l'angoisse de la mort, la soif et l'haleine de la canicule qui s'engouffrait dans sa bouche et sa gorge. Les gouttes de sueur s'évaporaient sitôt détachées de son front et de ses lèvres. Quand il fallut partir à l'assaut, il piétina des soldats écrasés par les chenilles des tanks – plaques roses filamentées de bleu. Il repérait les Allemands au bruit dur et saccadé de leur langue, proche du yiddish. Les coups de feu allumaient l'air torride où chars, soldats et artillerie se confondaient. Nissan gagna une tourelle à l'arrière d'un camion et mitrailla les nuages qui s'échappaient des véhicules carbonisés, ajusta les fantassins répandus sous l'horizon, sans épargner ceux qui rampaient vers les blindages ou s'enfouissaient dans le sable.

La 8e armée traversa l'Afrique du Nord jusqu'en Tunisie. Italiens et Allemands luttèrent pour perdre dignement ce qu'ils avaient conquis, semant des mines qui emportèrent des jambes et des moitiés d'hommes. Les Anglais et leurs alliés prirent la ligne Mareth à revers. Nissan et ses compagnons débusquèrent les soldats ennemis réfugiés dans les fosses, terrés parmi les carcasses de chars et de voitures. Les survivants furent capturés et on les fit avancer à coups de pied : l'humiliation couronnait la victoire.

La rumeur d'un massacre planifié des Juifs parvint aux frères d'armes de Nissan. On parla de camps de travail, de fours immenses où on jetait des familles entières. Les officiers ne commentèrent pas.

Nissan se fraya un chemin parmi les prisonniers italiens et allemands, à la recherche d'un regard trop fier ou défiant. Il n'en trouva pas. Mais un nazi soupira quand Nissan passa près de lui. Il le tira par les cheveux et le gifla.

– Vous serez exterminés avant nous ! hurla-t-il en hébreu.

Nissan le frappa de nouveau et ne le lâcha que lorsque l'Allemand se mit à saigner.

*

L'excitation du combat ne retombait qu'au bout de quelques heures. Exaspérés d'adrénaline, les soldats arpentaient le camp, casque sur la tête, revoyaient la bataille, songeaient à ce qu'ils en diraient ou pas. L'idée de la mort devint familière, acceptable. Il n'y aurait de futur qu'à la fin de la guerre.

Nissan vit Tunis et Alger, deux villes solaires et bruyantes où se côtoyaient Arabes, Juifs et Occidentaux, carrioles, voitures, ânes et porteurs, parmi les restaurants à climatiseurs, les souks, les boutiques et les cafés. Alger ressemblait à un palais chaulé, déroulé autour d'une baie où chaque siècle s'était installé sur le précédent. Tunis lui parut plus commune, chef-lieu balnéaire traversé d'avenues qui mordaient la côte.

*

En permission, Nissan retourna chez Malka. Rachel insista pour le voir tous les jours. Elle l'attendait au bas de l'immeuble et le raccompagnait quand ils ne passaient pas la nuit ensemble. Elle le mena à une réunion de leur groupe d'artistes qui parachevaient un manifeste pour un art révolutionnaire. Sur place, Nissan ne prononça pas un mot ; Rachel prit cela pour de la bouderie et ils se disputèrent.

Lors d'un rassemblement du Parti, des hommes confirmèrent l'existence de camps d'extermination nazis, situés pour la plupart en Pologne. Chassés de Stalingrad par les Soviétiques, les Allemands refluaient ; Nissan et ses camarades s'enthousiasmèrent, baptisèrent Staline *le dernier rempart du monde libre*.

Les parents lui rendirent visite, cette fois sans Esther ni Dina ; la petite souffrait d'une mauvaise angine et sa mère avait préféré rester auprès d'elle. Rieur, Yakov demanda à son fils ce qu'il avait pensé des pyramides égyptiennes et sa mère voulut savoir s'il avait vu le visage de Rommel juste avant son rapatriement en Allemagne, aveugle et diarrhéique.

La peau de Nissan avait pris la teinte du tissu cicatriciel, son front et ses bras s'étaient couverts d'une peau rose fade, violacée aux coudes et sur l'arête du nez ; Nissan semblait plus jeune, blondi, le duvet qui recouvrait le bas de son visage pailletait au soleil, un trait sombre soulignait ses yeux, plus enfoncés qu'auparavant, et donnait à son regard une intensité torve.

Yakov et Ruth lui rappelèrent que la première obligation d'un enfant était de survivre à ses parents. Nissan ne montra pas de réaction, absorbé par une douleur intercostale et une gêne au genou qui faisait craindre une déviation du ménisque. Ruth déplora l'absence de Zeev. La famille ignorait toujours où il se trouvait et s'il était en vie. Nissan ne releva pas ; les silences s'allongèrent, le soleil se coucha et ce fut l'heure de se quitter ; on s'embrassa, les parents regagnèrent le *moshav* dans un taxi payé d'avance par Malka.

*

La veille de son retour au front, Nissan retrouva Rachel sur la plage. Elle relata une énième brouille avec ses parents et Nissan bâilla. Elle s'arrêta net, vexée.

– Ce que je te raconte ne t'intéresse pas ?

– Le monde brûle.

Rachel jeta la main vers Nissan, désabusée.

– Alors va-t'en, dit-elle en espérant qu'il reste.

Nissan tenta de l'embrasser mais Rachel s'écarta. Il s'éloigna en longeant la mer tandis qu'elle le regardait rapetisser.

*

Avec la 8e armée, Nissan traversa la Méditerranée, rallia la Sicile, où il aborda au crépuscule. Lui et d'autres soldats attendirent la nuit pour rendre leur mal de mer, échapper aux moqueries. La terre instaura une chaleur compacte qui brassait des parfums de cendres et de maquis. Les forces alliées se mirent en branle. Nissan chercha l'ocre ambrée des Giotto et des Botticelli sur la façade des maisons des villages et dans l'air de ce pays à vaincre. À chaque halte, il se mettait à l'écart pour dessiner ; un soldat nommé Nigel le surprit. Étudiant à Oxford, ce dernier se pensait le Jünger anglais et tenait un journal qu'il se jurait de publier après la guerre.

Nigel et Nissan travaillaient ensemble, Nigel lui tournait le dos, replié sur lui-même afin qu'on ne puisse pas lire ce qu'il écrivait. À la fin de leurs séances, il enveloppait soigneusement son journal dans des bandelettes cirées et le rangeait au fond de son paquetage.

Nissan vit cette armée enlever Syracuse, avaler Catane et sa plaine, prendre Messine, briser la ligne de l'Etna ; la Sicile tomba, Nissan et ses compagnons foulèrent le continent début septembre 1943, à Reggio de Calabre, où les femmes vêtues de noir scrutaient ces soldats du monde entier avec un désarroi maternel, comme s'il s'agissait de leurs petits et que ces gosses les trahissaient. Nissan parcourut des campagnes emplies de relents de fumier, d'herbes sauvages et de paille, avivés par le sirocco.

Si les Maghrébines fuient les hommes avec un désintérêt véloce, intouchables, les Italiennes les toisent presque familièrement par-dessus le cadavre des vaincus, fascinées par les vainqueurs. Pour leur part, sans honneur à perdre, les enfants, les animaux et les fous, étudient l'envahisseur avec la circonspection d'haruspices voyant s'accomplir leurs augures, écrivait Nigel, dans le seul passage de son journal qu'il accepta de faire lire à Nissan.

La 8e armée s'engagea vers le nord, suivit la côte de l'Adriatique, emporta l'aérodrome de Foggia, le port de Termoli, Orsogna, et atteignit la ligne Gustav. La guerre s'accéléra. L'Italie était belle dans son automne de bronze taché de carmin accroché aux bois, aux champs et aux faubourgs des villes éteintes. Nissan adressa une lettre à Rachel mais n'obtint pas de réponse. Les combats se portèrent sur le front des Apennins et le mont Cassin, dominé par les ruines du monastère de Saint-Benoît, visibles de partout.

Nissan fut pris d'une terreur qui lui ôta tout courage, lui coupa les jambes à l'idée de mourir ici, noyé dans la fange, pour la conquête d'un monastère réduit à l'état de flanelle pierreuse, juché sur une colline aux pentes hérissées de corps et d'arbres plombés.

On marchait sur les cadavres et les quintaux d'âmes, en se servant des morts comme boucliers lorsque la mitraille nazie crachait depuis le sommet, balayant les fantassins envoyés à l'assaut du mont. Nissan décréta qu'il n'y survivrait pas et que chaque moment loin du champ de bataille valait l'infini. Entre les combats, sourd et halluciné, il aimait retrouver la banalité des rires et des blagues grasses des soldats, ces instants pris à la grande gueule de la mort.

– Les marionnettes du Bien et du Mal se chamaillent au-dessus de nos têtes… disait Nigel quand l'orage grondait.

Avant l'assaut, l'angoisse lui fouillait le ventre, un cône tiède vrillait son intestin ; Nissan vécut des mois d'une fixité fétide, au pied du mont, les yeux sur le monastère où saint Benoît avait fondé sa règle voilà mille quatre cents ans ; la ruine régnait sur une étendue de lisier qui digérait les corps ; les bombardements modelaient des reliefs provisoires, des gouffres dans lesquels les soldats se cassaient une jambe, s'empalaient sur une baïonnette ou sur un tronc brisé. Cette éternité sordide prit fin quand le mont Cassin tomba grâce à la brave carne marocaine et polonaise.

La victoire ouvrit la route de Rome. En chemin, Nissan entendit parler d'Italiennes faciles, qu'il fallait forcer, comme l'ultime honneur d'un pays déchu à salir. Au printemps 1945, la 8e armée franchit les lignes Gothique, Trasimène et fit tomber Florence, Bologne puis Venise. Nissan ne vit rien de ces merveilles. Il fallait tuer, triompher du Mal ; les repas et les nuits écourtées constituaient les seules haltes entre les déplacements incessants.

Le camp de base ressemblait à une foire, à un village de bâches uniquement peuplé d'hommes ; au loin, se devinait l'Adriatique qui s'enfonçait sous le ciel, mauve à l'aube et au crépuscule.

Un matin, un soldat traversa le camp en hurlant. Un journal dépassait de sa poche arrière et il portait une caisse qu'il jeta par terre, monta dessus. Il déploya le journal et lut les titres avec un accent shakespearien grasseyant : son annonce déclencha la liesse. Nissan s'approcha, l'entendit décrire le supplice de Mussolini et de sa maîtresse, pendus par les pieds, mutilés, sans visage. Le crieur rejoua la scène en marchant sur les mains et Nissan rit comme les autres, avec l'acharnement des vengeurs. Nigel accourut, tomba dans ses bras et ils se congratulèrent ; Nissan se saoula pour la première fois de sa vie.

*

Il fut démobilisé au début de l'année suivante, après que les armées de Staline eurent marché sur Berlin. Ses parents vinrent à Tel-Aviv pour le supplier de regagner le *moshav*. Ruth invoqua son âge, celui de Yakov et l'épuisement d'Esther, qui ne s'en sortait à la ferme qu'en dormant une nuit sur deux.

– Retourne au village, tu as payé pour ta faute. Même Esther en convient, dit Malka.

– Je veux peindre… Je suis désolé.

Les yeux de Yakov roulèrent comme s'il voyait danser des morts à travers la pièce et il murmura :

– « L'Éternel avait dit à Abraham : "Éloigne-toi de ton pays, de ton lieu natal et de la maison paternelle, et va au pays que je t'indiquerai[1]…" »

*

Grâce à sa pension de guerre, Nissan loua une chambre avec douche et toilettes. Il revit Rachel. Chez lui, elle

1. « Genèse », dans la Torah, 12 : 1. www.torah-box.com/torah-pdf/torah/genese/12.html

organisa un début de foyer, rangea les denrées, fit le ménage, inventant une existence domestique de couple fidèle, de famille en devenir.

Nissan projeta de retourner en Europe pour y étudier la peinture. Il l'annonça à Rachel en pleine rue.

– Je ne te suivrai pas, dit-elle.

– J'irai quoi qu'il arrive.

– Sans moi.

Elle haussa légèrement la voix.

– Ce n'est pas un défi, juste une résolution, dit Nissan.

– Mais pour qui tu te prends ? Tu ne peins que pour toi, tu n'exposes même pas.

Les passants ralentirent, certains restèrent voir la scène : une fillette se tordait les mains en levant le nez vers sa mère qui serrait son sac à main contre sa poitrine, un homme en costume adressa un signe de tête à Nissan pour l'engager à ne pas s'en laisser conter et deux ouvriers en salopette s'esclaffaient en le pointant du doigt. Nissan ferma les yeux, navré de ce que l'amour domestique faisait de lui, serra les poings et s'échappa en fendant le cordon de badauds.

Ils se virent pourtant la semaine suivante, sans évoquer la dispute, l'un et l'autre en proie à un amour de perdus, au souvenir de leurs tendresses égarées depuis la guerre.

Sans en parler à Rachel, Nissan se mit en quête de relations et d'appuis afin d'obtenir un visa pour quitter le pays. Son statut d'ancien combattant de l'armée britannique jouerait en sa faveur, lui dit-on. Il se découvrit fiché sur une liste de subversifs. Sa demande était vouée à l'échec.

En désespoir de cause, Nissan sollicita Yitzhak, qui le reçut dans son bureau marqueté de frises en noyer, avec vue sur mer.

– Ça ressemble à votre appartement, dit Nissan.

– Sans Malka, c'est donc un peu plus silencieux…

Ricanant, Yitzhak pria Nissan de s'asseoir face à lui.

– Comme ça, tu veux te rendre en Europe ?

Nissan fit « oui » de la tête.

– En Angleterre, j'imagine ?

– Non, j'en ai soupé, des Anglais. J'ai bien réfléchi et je préfère la France. J'aimerais bien que Louis XIV devienne mon roi.

Yitzhak leva les yeux au ciel.

15

Nissan venait d'achever le portrait d'une jeune ouvrière vêtue d'une robe rouge, d'une chemise noire et d'un gilet blanc, assise sur une chaise en bois, jambes croisées, accoudée à un rebord en métal gris, semblable à une guillotine. Ses yeux très verts fixaient droit devant elle, exprimant ce qui s'apparentait à de la défiance et de la langueur. Ses grandes mains d'homme tombaient sur ses genoux, sa chevelure blond fade était réunie en chignon. Elle patientait, la bouche rétrécie, le visage à peine tourné. Auprès de ce tableau se trouvaient d'autres toiles véristes, avec des rues de Tel-Aviv, des chemins de rase campagne et une vue automnale de Jaffa, où des maisons sans toit, lisses comme des galets, observaient deux passantes de retour du marché, aussi grandes que des arbres. Nissan ouvrit la fenêtre, la brise amena des notes de confiseries et de jasmin, le printemps venait ; il était assis sur son lit, une enveloppe sur les cuisses, que le facteur venait de lui remettre en mains propres.

Il l'ouvrit et lut à trois reprises la lettre dactylographiée qu'elle contenait : sa demande de visa pour la France était rejetée.

Sale d'une nuit passée avec une autre que Rachel, il se rendit chez Malka, pieds nus dans ses chaussures, vêtu d'une chemise froissée, trop grande et mal boutonnée, qui battait ses flancs. Nissan frappa plusieurs fois à la porte de sa sœur avant que les verrous claquent et que Malka ouvre.

– Je veux voir Yitzhak.

Malka hésita à repousser la porte sur son frère mais Nissan posa la main dessus.

– C'est pour ton visa ?

– Je dois parler à ton mari.

– Il est au travail, ils ne te laisseront pas entrer.

– Merci.

Nissan força les contrôles à l'entrée de l'immeuble de la Histadrout et atteignit le bureau de son beau-frère, gardé par une secrétaire occupée à trier des chemises cartonnées. Cette dernière bredouilla une phrase sur l'obligation de disposer d'un laissez-passer pour entrer ; Nissan lui intima de la boucler. Elle se plaça en travers de son chemin, parla de *savoir-vivre* et Nissan l'écarta, pénétra dans le bureau. À l'intérieur, Yitzhak s'entretenait avec deux hommes en costume, assis dans un canapé, autour d'une table basse.

Leurs yeux se braquèrent sur Nissan, qui se rua aussitôt sur Yitzhak, le saisit par la cravate et le jeta sur la table basse, qui céda sous son poids. Les hommes en costume s'enfuirent en ordonnant à la secrétaire d'alerter le service d'ordre.

Nissan força son beau-frère à s'asseoir et lui demanda des comptes. Replaçant son nœud de cravate, Yitzhak lui parla de bureaucratie et de jeux d'influence dans lesquels il ne pesait pas assez pour emporter la décision. En sourdine, leur parvenait la voix de la secrétaire appelant du renfort au téléphone ; cinq hommes débarquèrent dans la minute, se saisirent de Nissan, le descendirent par l'escalier de service et le jetèrent sur le trottoir.

*

Grâce à l'intervention de Malka, Yitzhak renonça à entamer des poursuites contre Nissan. Elle lui donna rendez-vous dans un café pour lui restituer ses affaires et les toiles laissées chez elle, l'implorant de reconnaître ses torts ; Nissan se contenta de ressasser les fausses promesses de Yitzhak.

Elle l'incita à trouver un vrai métier : la peinture était une passion, comme on collectionnait les timbres ou les scarabées, cela ne nourrissait que les héritiers d'artistes morts de faim.

– Nous n'allons pas nous revoir de sitôt… Prends soin de toi… lui dit-elle en posant une liasse de billets sur la table.

Malka l'embrassa sur la joue. Après son départ, Nissan resta là des heures à griffonner des esquisses sur la nappe en papier et les journaux. Il lut que la guerre civile reprenait. L'Irgoun avait plastiqué l'hôtel King David, à Jérusalem, faisant près de quatre-vingt-dix morts. Plus loin, il était question de l'arrivée des survivants des camps de concentration en Eretz Israël ; certains avaient entrepris le voyage clandestinement, à bord de navires surpeuplés, et les Britanniques les parquaient à Chypre ou les renvoyaient en Allemagne, s'ils les arraisonnaient.

*

Un jour de novembre 1947, ce fut la fête, annoncée par le grésillement des radios. Les drapeaux bleu et blanc à étoile de David tombèrent des balcons et des fenêtres, ce fut le grand soir, la foule prit les rues, prolongea le cri poussé à l'annonce du vote de la résolution 181 de l'ONU. Rachel se joignit à la liesse. Nissan resta chez lui, fenêtre ouverte sur une cour maculée de déjections d'oiseaux, où résonnaient les chants et les jubilations du peuple de ce qui était en train de devenir un pays. Le sien. Maussade, dégrisé, il tenta de peindre puis s'allongea sur son lit en écoutant le tumulte de Tel-Aviv, bruyante comme en plein jour.

Nissan avait connu les morts qui avaient combattu pour qu'advienne ce jour de joie. Mais rien n'était terminé. Beaucoup d'hommes allaient périr parmi ceux qui communiaient comme si l'Histoire venait de prendre fin, songeait-il.

Le lendemain matin, Nissan parcourut Tel-Aviv poissée par la fête, barbouillée de nourriture et de papiers gras étalés sur l'asphalte par les voitures et le piétinement. Il s'installa à la terrasse d'un café, non loin de chez Rachel ; les clients parlaient avec la voix cassée des lendemains de noces, leurs yeux petits clignaient souvent, leurs gestes étaient lents, leur visage tiré mais jovial. Les cris et les klaxons retentissaient parmi le grondement de la circulation qui reprenait.

Nissan avait mieux dormi qu'eux tous. Il commanda un café à la cardamome. Sur les photos des journaux, les gens se congratulaient sous des banderoles, les pionniers des *kibboutzim* dansaient devant des silos à grains, au pied de leurs tracteurs. *Les* moshavniks *ont dû se rouler par terre*, pensa Nissan.

– Les Arabes ne l'accepteront jamais, lança un vieil homme, menton pointé vers Jaffa.

Nissan paya et sortit ; des marchands arabes tiraient des chariots de figues confites, d'olives, de semoule et d'herbes, qui répandaient un parfum de garrigue cuisinée. Ils travaillaient comme n'importe quel jour, la résolution de l'ONU ne leur octroyait rien.

Nissan marcha jusqu'au coin de la rue, où Rachel l'attendait ; ils échangèrent une bise et se mirent en marche. Une chaleur d'automne oriental s'était levée, un énorme soleil orange, très proche de la Terre, crevait le ciel. Ils se rendirent à l'accrochage de la première exposition de leur collectif, baptisé « Les Onze ». Le vernissage se tenait le soir même. Rachel avait hâte ; l'événement les ferait connaître, lancerait leur carrière, elle en était sûre.

– C'est de l'esbroufe, tout ça, dit Nissan.

Rachel hésita et se tut : Nissan l'usait. Ils n'étaient pas mariés, n'avaient ni enfants ni biens ensemble, il était toujours temps de se séparer, et cette idée la soulagea.

Ils arrivèrent les derniers à la galerie, une vaste pièce nue au sol en béton brossé, dont les fenêtres donnaient sur une friche qui faisait office de jardin public et de terrain à bâtir.

Les Onze avaient déterminé la disposition de leurs œuvres à pile ou face. Les toiles représentaient des colons, des manœuvres, des cireurs de chaussures, des vendeurs de confiseries, des Bédouins et des travailleurs qui ensemençaient la terre, usinaient le métal, le diamant, allumaient les fourneaux et trayaient les vaches. Toutes portaient le même titre : *Réalisme socialiste d'ici.* Pour les fonds de ses tableaux, Nissan avait employé du papier journal, des copeaux de bois, du carton et des éclats de céramique, sur lesquels il avait peint. *Je souhaite accrocher mes œuvres dans la rue, les scieries, les usines et les étables… En fait, je rêve de vider les musées*, écrivit-il dans le livret de l'exposition.

Au milieu de la mosaïque de tableaux se trouvaient trois draps cousus entre eux, recouverts d'un texte inscrit à la peinture rouge :

Et devant la gare Montparnasse, une masse grouillante hurlait. Il s'agissait d'artistes, par milliers de millions, qui transformaient le pet d'une mouche en distique, une traînée d'urine en coucher de soleil.

Rares et chers artistes, qui décelaient le beau dans les seules choses belles. Impossible de marcher dans Paris sans percuter un artiste. La plupart se voulaient ressemeleurs de l'idéal pour l'industrie. Ils grouillaient, plus nombreux que les hommes, se piétinaient. L'art était devenu d'arrière-garde, l'artiste le supplantait.

Mais Soutine n'en démordait pas ; il peignait, crevant de rage, réfugié dans son atelier sentant le tonneau. Il travaillait, grattait au couteau des maisons penchées, retournées, des carcasses de viande difformes, écorchées, l'inachèvement chevelu d'un portrait. Il n'existait pas mieux que ses toiles.

Comme lui, nous souhaitons gloire aux œuvres et mort à l'artiste.

Au-dessous, cascadait le manifeste des Onze, dont chaque mot avait été peint dans une couleur différente :

L'ART POUR L'ART EST UNE ESCROQUERIE DE PRÉCIEUX… L'ART EST DESTINÉ AUX MASSES… L'ART EST NOTRE TERRE… NOTRE TERRE EST LE PEUPLE QUI L'HABITE… L'ART EST LA RÉALITÉ, AUSSI SUBVERSIF QU'ELLE… L'ARTISTE USERA DE TOUS LES MOYENS ET TECHNIQUES NÉCESSAIRES À LA RÉALISATION DE SON ŒUVRE… IL LES INVENTERA, SI BESOIN… L'ART N'EST PAS LE ROMANTISME ÉTHÉRÉ DES BOURGEOIS NI L'ÉRUDITION DES PROFESSEURS… IL IMPLIQUE, FAIT MAL, ENCHANTE ET PÈSE, COMME UN ACCOUCHEMENT, UN MEURTRE…

Lors du vernissage, Nissan croisa surtout des inconnus, sans savoir s'ils venaient à lui ou le contraire. Le public formait une houle d'où surnageaient les visages soupçonneux d'officiels au statut abscons, d'artistes défiants, timides ou jaloux, de mondains heureux de sortir et de critiques blasés.

Nissan passa la majeure partie de la soirée avec son professeur de peinture au studio.

– Je saisis pourquoi vous vous lassez de l'abstraction, jeunes gens. Au fil du temps, vous saisirez pourtant la liberté qu'elle apporte, confia le vieux Russe au visage de fillette.

– Nous ne souhaitons pas nous en détacher, nous voulons la sublimer, rétorqua Nissan.

– Vous estimez être la génération d'artistes la plus illustre et lucide que le monde ait portée. C'est bien. Nous l'avons tous cru.

De bon cœur, les yeux brillants, le professeur lui donna une tape sur l'avant-bras et vida sa flûte de champagne dans sa grande bouche rose, sans molaires.

*

Quelqu'un frappa à la porte de Nissan qui alla ouvrir. Un porteur de télégrammes lui remit un message adressé par son frère : Zeev souhaitait le rencontrer. Il était vivant. Nissan se rendit à la fenêtre. Le mur d'en face avait la couleur marine de la nuit. Nissan pensa accepter l'invitation et se ravisa, craignant une dispute, des coups de poing, un gâchis sans retour possible. Nissan prépara une réponse dans ce sens.

Mais, deux jours plus tard, Zeev se trouvait devant chez lui ; Nissan le fit entrer. Tournant sur lui-même, Zeev scruta cette petite pièce où son frère se rêvait une carrière d'artiste et ne pouvait effectuer trois pas sans toucher un mur. Il piétina les journaux et les revues martyrisés qui jonchaient le sol, toisa son petit frère, vêtu d'une blouse constellée de taches de couleurs, la chevelure écrasée par la poussière de plâtre et les ongles surlignés de blanc. Depuis peu, Nissan s'essayait aux modelages, se préparait des moulages, qu'il mettait à sécher sur le rebord de la fenêtre, où s'alignaient des bustes, des bras et des visages.

Nissan tendit à son frère un tabouret, que Zeev saisit, avec l'air fermé de celui qui avait résolu de ne jamais paraître surpris ; Nissan s'assit par terre, face à lui, et ils évoquèrent la famille. Zeev resta indifférent aux murs cloqués d'humidité, à la barbe de plusieurs jours de son frère et à sa chemise usée, au col huileux et noirci. Nissan ne releva pas la calvitie naissante de son aîné, prépara du thé. Par la fenêtre ouverte, le vent brassait un souffle poudreux, la fraîcheur salée de la mer.

Nissan évoqua les campagnes d'Afrique du Nord, d'Italie, et sa carrière de peintre, sans révéler son appartenance au Parti. Il décrivit la guerre comme une horreur sans but, où il s'était impliqué par accident. Zeev agitait la tête frénétiquement.

– Il va encore y avoir la guerre, lâcha-t-il.

– Oui, mais on offre aux Arabes une moitié de leur pays et on voudrait qu'ils s'en contentent.

– C'est parce que tu penses comme ça qu'on t'a refusé ton visa, petit frère.

Zeev leva l'index.

– Si nous perdons cette guerre, on sera massacrés et dispersés. Toi, notre famille, notre nièce. Ils ruineront les *moshavim*, les *kibboutzim*. Nous avons besoin de tous les bons soldats, et tu en fais partie.

Les épaules de Nissan s'avachirent.

– C'est une question de vie ou de mort, ajouta Zeev, pas de morale ni d'idées. Ce qui s'est passé en Europe peut se produire à nouveau, ici. Tout sera possible une fois que les Britanniques seront partis.

– Qu'ils aillent au diable !

– Je sais que tu es un mouton de communiste. Tu es donc au courant que l'URSS soutient la création d'un État juif.

Nissan ferma les yeux comme s'il venait de recevoir un crachat en plein visage.

– Il n'est pas question de morale, insista Zeev, mais de notre survie.

Nissan regretta sa naissance, l'*aliyah* de ses sœurs, de ses parents, sa vie dédiée aux armes et la perspicacité de son frère.

– Que tu le veuilles ou non, poursuivit Zeev, c'est le sionisme qui t'a amené en Israël, c'est grâce à cela que tu as échappé à la Shoah.

Nissan ne cherchait plus à avoir raison, il comptait juste rester libre, fier et fort, malgré le destin qui se refermait sur lui.

– Rien n'exige que je m'engage. Notre famille ne craint rien pour le moment. Et tu ne me feras pas lutter pour ceux qui m'ont chassé de la maison.

– Prends le temps de réfléchir, je suis à Tel-Aviv jusqu'à demain. Je repasserai.

Zeev donna une tape sur l'épaule de Nissan et s'en fut.

*

Son grand frère revint à trois reprises. Sitôt que Nissan l'entendait frapper, il gagnait l'autre bout de la chambre et s'asseyait sur le rebord de la fenêtre ouverte. Zeev appelait son petit frère et finissait par donner un coup de pied dans la porte, avant de partir. Nissan attendait de longues minutes, allait ouvrir pour s'assurer que Zeev n'était plus là, s'adossait à la porte après avoir pris soin de la verrouiller et se laissait glisser jusqu'au sol, les mains sur le visage, pour faire le noir.

Quand Nissan voulait partir, on le lui refusait, quand il refusait de se battre, on l'y contraignait, il était peintre et n'en vivait pas, on le tourmentait avec des rêves qui n'étaient pas les siens quand les siens étaient trop élevés pour sa condition et ses origines. Il ignorait jusqu'où il pouvait résister ainsi et ne tenait que grâce à l'espoir puéril que le monde finirait un jour par céder à sa volonté.

*

Sitôt levé, Nissan peignait avant de manger une galette et des légumes glanés sur les marchés, puis se remettait au travail. En fin d'après-midi, une fois la chaleur passée, il se rendait au café, lisait les journaux, en buvant un thé ou un café qu'il faisait durer des heures.

Nissan récupérait des chutes de tissus qu'il cousait entre elles et de vieux draps, qu'il clouait sur des cadres en bois flotté, pour s'en faire des toiles. Il allait parfois à la bibliothèque et arrachait les pages de livres où se trouvaient des reproductions de Raphaël, Léonard de Vinci, Degas, Klimt, Redon et Goya, qu'il punaisait sur ses murs.

Nissan prit ses distances avec les Onze, sans brouille. L'Europe l'obsédait, son lointain, son passé sordide, aux perfections d'art qu'il jugeait inégalables. Il se rêva loin de ce siècle, peintre entretenu par un Sforza, un Médicis, un Borgia, Louis XIV ou Frédéric II. Cela plongeait Rachel dans des colères terribles, que Nissan attisait et raillait comme si sa petite amie était la voix de ce monde qui refusait de lui accorder de quoi vivre de son art. Ils se disputaient chaque fois qu'ils se voyaient, soit presque chaque jour. Impuissante, elle parlait de Nissan comme d'un gamin cruel. Trop souvent, elle suppliait qu'il lui déclare ses sentiments et Nissan lui répondait par la dérision :

– Arrête avec ça ! Tu as le cœur aussi mou qu'une bonne sœur défroquée !

Nissan ne vit plus personne, ne répondit plus aux messages de ses parents et de Malka. Rachel était sa seule compagnie.

– Je vais crever en Israël… et ce sera pour bientôt, disait-il.

Au lever, il empoignait la rambarde de la fenêtre et fixait la courette pavée de l'immeuble, en contrebas, terrifié à l'idée de souffrir ou de rester handicapé s'il obéissait à cet appel du vide. Un matin, il se prépara à sauter mais Rachel se réveilla à l'instant où il allait enjamber le rebord de la fenêtre. Sans un mot, elle se leva, la referma et prépara du café. Ils ne refirent plus jamais allusion à ce moment.

*

Certains Juifs débarqués d'Europe évoquèrent les interminables trajets en train à travers l'Allemagne et la Pologne, si longs qu'ils tuaient les vieillards et les nourrissons, les baraquements, le meurtre érigé en système, le typhus, les cris, les larmes, le crépitement horrifique des fours, puis le silence des cheminées qui crachaient des âmes. Certains se contentaient de hocher la tête, d'autres pleuraient tout bas, bon nombre retournaient aux activités que les questions – souvent pleines d'affection et de sollicitude – avaient interrompues, pour espérer oublier la grimace de la mort en s'affairant à leur établi, à leur cuisine ou à leur écritoire.

Une nouvelle guerre devenait de plus en plus probable. Une bombe explosa au siège du Fonds national juif et de la Haganah, où Zeev avait un bureau. Nissan adressa un télégramme à ses parents pour demander des nouvelles de son frère. Ils l'appelèrent au téléphone du café où il avait ses habitudes : Zeev se portait bien, se trouvait en opération le jour de l'attentat. Les parents ne pouvaient plus rendre visite à Nissan, le voyage était devenu trop périlleux. Avant de raccrocher, Ruth demanda à Nissan d'accepter de revoir son frère et d'entendre à nouveau sa proposition.

Quarante-huit heures plus tard, Nissan reçut une enveloppe remplie de coupures de presse. La première faisait état d'une soixantaine de morts au sein de la Haganah, lors de combats près d'un *kibboutz*, en Galilée ; les suivantes rapportaient une embuscade arabe menée dans les environs de Jérusalem, un massacre d'ouvriers juifs à la raffinerie de Haïfa, des attentats du Lehi à Jaffa, de la Haganah contre l'hôtel Sémiramis, des attaques arabes sur les routes et des opérations juives contre les villages arabes.

Dans l'enveloppe, Zeev avait glissé un billet écrit de sa main :

Je vais revenir. Cette fois, si tu refuses mon offre, tu devras passer chez les Arabes ou t'enfuir à la nage.

16

Nissan laissa entrer Malka chez lui. Aussitôt, elle sentit l'odeur de transpiration sure, de vaisselle sale et de solvant ; elle s'excusa, sans savoir de quoi. Il travaillait sur un collage peint, qui figurait un paysage onirique et désolé à la De Chirico, au centre duquel trônait une sphère bleu saphir, parmi des nimbus opalescents et effilochés comme de la toile de jute déchirée à mains nues. Des lettres branlantes, collées dans le tiers supérieur du tableau, indiquaient *Pays de l'idéal et de nulle part.* Nissan finit de se préparer et ils sortirent, marchèrent longtemps, jusqu'à ce que Malka l'invite à déjeuner chez elle. Yitzhak était absent. Âgé de trois mois, gras et pâle comme le lait, Jonas, le fils de Malka, dormait dans son berceau, tout près d'eux.

Ils parlèrent peu, entre de longs silences où s'entendaient le grondement fade de la circulation, les claquements de lèvres de Jonas et ses soupirs. Ils regardaient par la fenêtre où ne se trouvait que le ciel, sans oser mentionner le refus de Nissan face à Zeev, les adultères de Yitzhak et l'humiliation de Malka, mariée pour le confort, le statut et désormais l'enfant. La domestique apporta un plat en grès, dans lequel était dressée une dorade au four qui baignait dans l'huile d'olive parmi les tranches de citron confit et des tiges de romarin.

– Je crois que je n'aurais pas dû quitter le *moshav*, dit Malka.

– Tu as tout ce que tu veux, ici.

Malka ricana.

– Tu n'imagines pas ce que c'est que de fréquenter des gens qui ne parlent que de recettes de pâtisseries, de fripes, de cravates en soie, d'impôts et d'automobiles… Je crève…

– Mais tu ne cours aucun danger.

– Il suffirait d'appuyer cette lame juste là.

Malka pressa son couteau contre les veines violacées de son poignet. Nissan se pencha au-dessus de la table et saisit la lame à pleine main.

– Tu as un gosse !

Malka grimaça, ses traits s'affaissèrent et elle pleura ; hésitant, Nissan finit par se lever, Malka le prit par la taille et plaqua sa tête contre son abdomen.

– Je t'ai toi aussi.

*

Nissan et Rachel étaient couchés, après l'amour. Des relents de friture pénétraient dans la chambre, malgré la fenêtre fermée.

– Si je repousse Zeev, je n'ai plus de famille.

– Fais ce que tu veux, tu es libre.

Contrarié, endurci, le visage de Rachel désavouait l'indolence avec laquelle elle venait de parler ; Nissan enfonça la tête dans l'oreiller.

– Deux membres des Onze se sont engagés dans la Haganah, dit-elle.

Nissan émit un grognement à peine audible ; son haleine d'enrhumé lui revint au visage, dans le creux de sa taie – une puanteur morveuse de souffle ravalé.

Nissan reprit ses balades nocturnes, lorgnant les vitrines des magasins où il ne pouvait rien s'acheter. Il se distrayait en rêvant la vie qu'il aurait eue en France : il se haïssait d'avoir échoué, s'épuisait à marcher une bonne partie de la nuit avant de se jeter sur son lit et de s'assoupir tout habillé. Il se réveillait fréquemment, grinçait des dents et se levait dans l'après-midi, quand la rue crachait son tumulte de klaxons et de cris. Échappé du cycle des jours et des nuits, Nissan travaillait sans faim ni soif, parmi les cartons, les chiffons et les copeaux de bois qu'il collait sur ses toiles ; il peignait avec de grands gestes énervés, employait des teintes vives, étalées grassement au rouleau et au couteau. Nissan s'arrêtait lorsqu'il tenait quelque chose qui le rassurait sur son talent ou que la joie refluait pour de nouveau laisser place à son désir de départ et à la colère qui hurlait en lui. Il faisait une sieste de quelques minutes puis reprenait le travail ; le jour passait ainsi.

Il trouva de grandes toiles cirées qu'il déglaça à l'alcool à brûler après les avoir posées sur des sacs de pêcheurs découpés puis étalés sur le sol de sa chambre. Le traitement conféra à la toile une texture grumeleuse qui accrochait et fixait les couleurs. À ses pieds, il répandit des journaux, des prospectus et des magazines préalablement déchiquetés. À pleine main, dans un seau rempli d'eau, il les malaxa pour en faire une pâte qu'il aggloméra sur la toile ; il la modela en y enfonçant les doigts, les paumes et les coudes. Excité comme lorsqu'on voit quelque chose de longtemps rêvé proche d'exister, il colmata les vides, étira les branches de papier bruni ; la toile devint une fenêtre qui le dépassait d'une tête, où s'étala tout ce qui, en lui, pouvait faire image.

Impatient, il repéra sur la toile les masses déjà sèches, se saisit de petits rouleaux et s'acharna sur la toile en retenant le plus possible sa respiration, afin de préserver la maîtrise et l'influx de son geste. Nissan peignit avec les nerfs, sur une toile devenue falaise, caverne, plissures, écrivit dessus une bruine de glyphes, d'anfractuosités et d'histoires cryptiques. Il récupéra d'autres journaux dans la rue quand il manqua de papier. Il arracha aussi des affiches, qu'il aggloméra au tableau, puis figea le tout à la paraffine. Éreinté, il finit par s'allonger devant le cadre et s'endormir, en entendant une voix proférer : *Dors... pour ne pas mourir... dors...*

*

Malgré un loyer insignifiant, Nissan vint à manquer d'argent. Il diminua ses rations de nourriture, ne sortit plus que pour se servir dans les fins de marché et les poubelles des restaurants après le service, à s'en rendre parfois malade. Il ne prit plus qu'un repas journalier, désireux de rester libre, de ne pas travailler pour un patron, de continuer à peindre autant que possible. La nuit, Nissan rêvait de buffets de viandes chaudes et de friture ; le jour, il faisait une sieste après son seul repas, souvent une soupe, ou lorsque les migraines devenaient insupportables et que son champ de vision était envahi de points multicolores, auréolés de cercles et de lignes phosphorescentes. Il fut pris de crises de vomissement de plus en plus fréquentes. Il devint bientôt trop faible pour peindre. Nissan dut se résoudre à vendre ses bras ; il hésita à devenir docker mais préféra se faire embaucher comme peintre en bâtiment. Par tous les temps, il recouvrait du plâtre et du béton de trois ou quatre couches d'un blanc qui ternissait dès le lendemain.

*

Ce matin-là, Nissan se leva tôt pour rejoindre son chantier. Il sortit de son immeuble, les yeux enfarinés, se dirigea vers la station de bus quand un bruit de moteur grossit, une Jeep s'approcha, le suivit au pas et se gara le long du trottoir ; le chauffeur coupa le contact et un homme en sortit du côté passager, se dirigea vers Nissan, qui pensa : *Si ce type se met en travers de mon chemin…*

Les glycines répandaient un parfum d'amande confite. L'homme s'arrêta devant Nissan, ôta ses lunettes de soleil.

– Tu vas où ?

C'était Zeev.

– Tu m'espionnes ?

– Tu n'es pas assez dangereux pour ça… Alors, tu t'engages ? demanda Zeev.

Un grain approchait, au large.

– Si tu refuses, j'aurai perdu mon frère. Et en plus d'être un Van Gogh raté, tu seras un traître, lança Zeev.

– À la mort de Van Gogh, on s'est servi d'une de ses toiles pour boucher un trou dans le grillage d'un poulailler. Personne n'est raté jusqu'à ce que l'éternité en juge ainsi.

– Tu fais chier à jouer sur les mots, dit Zeev.

– Tu me le dirais si les parents étaient en danger ? demande Nissan.

– Si nous perdons la guerre, nous mourrons ou nous fuirons. Si tu me suis et que nous la remportons, tu auras ton visa.

Nissan n'avait rien à opposer ; Zeev posa une main sur l'avant-bras de son petit frère ; Nissan le repoussa aussitôt et Zeev regagna la voiture. Le ciel s'éclaircissait, le soleil projeta des figures obliques sur la façade des immeubles. Accoudé à la portière, Zeev fit signe à son frère de le rejoindre. Nissan regretta le temps où la vie n'était que le présent, des rêves de châteaux dans les nuages et de monstres fabuleux, sans fierté ni souillure.

– Tu me jures que j'aurai mon visa ? demanda-t-il.

– Moi, je ne jure pas, mais je peux te garantir que tu ne l'auras jamais si tu ne montes pas dans cette bagnole…

– Les parents, ils en disent quoi ?

– Ils ignorent que je suis obligé de marchander pour te convaincre de combattre à mes côtés. Ils croient que tu es déjà à l'entraînement, mobilisé pour ton pays.

Nissan secoua la tête à s'en étourdir. Sa vie ne serait plus jamais la même dans quelques secondes ; refuser la proposition de Zeev était un sacrilège à l'égard de sa famille, la fin de ses espoirs de départ, mais s'enrôler auprès de son frère aurait violé l'engagement politique pris avec lui-même quand il avait refusé de tuer le vieil Arabe. Nissan songea à sa mère, venue du *moshav* lui rendre visite avec ses sacs de victuailles, cuisinant pour lui dans sa chambrette, et à son père, à son humour gauche et tendre qui lui manquait tant, ainsi qu'à Dina. Nissan comprit que la politique ne lui suffisait pas et cela l'effraya. La survie de sa famille prévalait. Il se vit succomber en faveur des siens, donna un coup de pied dans la poussière et s'avança vers Zeev, qui lui désigna la banquette arrière de la Jeep. Vaincu, Nissan monta.

*

Zeev insista pour être présent lorsque Nissan enfila l'uniforme.

– Sois fier, tu as sauvé ton honneur…

Ils se côtoyaient lors d'entraînements où Nissan apprit à utiliser les pistolets-mitrailleurs Stern, fabriqués dans les ateliers de la Haganah. Zeev n'était plus animé par l'ardeur des soldats de vingt ans pour qui la mort des adversaires était un divertissement et la leur impensable ; la guerre était devenue son métier, une activité d'homme mûr, trop jeune pour les regrets et trop vieux pour l'espoir.

Nissan retrouva des combattants originaires du *moshav*, auprès desquels il passa pour un esprit redressé de justesse, sur le tard ; les colons l'accueillirent avec de violentes tapes dans le dos, à la fois châtiments et félicitations. Ceux de son âge étaient mariés, pères ou en passe de l'être. Sa réintégration signifiait pour eux qu'il faisait amende honorable et entérinait le bon droit de la communauté à l'avoir chassé jadis. Nissan enrageait mais se taisait. Son existence de bohème à Tel-Aviv n'intéressait personne, les conversations se résumaient aux nouvelles du village :

– Eux, ils viennent de fêter leurs trois ans de mariage.

– Elle a des seins comme des pastèques.

– Même après deux enfants !

– Par contre, son mari, il est moche comme le cul d'un bouc ramoné par un berger.

– Mais comment elle fait pour rester avec lui ?

– Ce type, on l'appelle « La pioche »...

– Soyez pas jaloux.

Nissan aimait la vulgarité franche de leurs plaisanteries consanguines, redécouvrait un parler familier, une origine qu'il avait haïe. Il se trouvait de nouveau parmi les siens, dont il partageait le passé, l'accent et les névroses.

*

Les premiers combats se déroulèrent près du *kibboutz* de Ramat Yohanan, à une demi-heure de voiture du *moshav*, contre les Druzes, parmi les citronniers. Cela dura quatre jours. Familier des grandes batailles des campagnes d'Afrique et d'Italie, Nissan crut d'abord à une embuscade champêtre ; les Juifs soutinrent l'offensive druze puis contre-attaquèrent. Nissan s'élança sous le commandement de Zeev, quand une balle lui traversa la jambe ; il chuta, la cuisse transpercée. Il la palpa et découvrit ses mains enduites d'une substance collante, à peine plus liquide que la cire chaude. Il saignait. Sitôt qu'il vit son frère tomber, Zeev stoppa sa course et réquisitionna un soldat, avec lequel il souleva Nissan et le plaça à l'abri. Il s'assura que la balle n'avait pas atteint l'artère fémorale, passa le pouce sur la joue de son petit frère et repartit au combat.

Nissan attendit, chanta tout bas pour ne pas s'évanouir, il eut froid, claqua des dents, son corps s'engourdit ; Nissan tenta de s'agiter pour ne pas partir, puis se résigna et perdit connaissance.

Pendant que Nissan était inconscient, dans un oubli peuplé d'outrages et d'explosions, Zeev combattait et tuait. La victoire paraissait acquise ; Zeev sentit alors sa poitrine se refermer sur elle-même, broyant ce qu'elle contenait d'organes et de fluides. Il tomba à genoux, suffoquant ; du rouge gouttait sur les roches, sous lui. Avant qu'il saisisse qu'il allait mourir, une balle fit éclater son crâne.

Nissan revint à lui sur un lit de camp, un pain de plomb fissuré par la douleur en guise de cuisse, pris de vertiges qui exacerbaient ses perceptions : le vent raclait sa peau, le soleil emplissait la tente d'une lumière aveuglante et l'odeur lactée des peaux suantes, couplée à celle du désinfectant, lui soulevait le cœur. Nissan vécut vingt-quatre heures à la lisière de la conscience, sédaté, sans plus entendre les gémissements des moribonds ni la guerre autour de lui, traversant les fantasmes pris à Kishinev, à la Libye et à l'Italie.

Il voulut savoir où se trouvait Zeev ; l'infirmière lui procura des béquilles puis un soldat le conduisit dans une grande tente où se trouvait un officier assis à son bureau, occupé à tailler une branche de chêne vert à l'aide d'un poignard. Les copeaux tombaient sur une carte de la région étalée devant lui.

Il invita Nissan à s'asseoir, souffla sur les copeaux, qui voltigèrent dans une nuée au parfum de bois jeune et s'éparpillèrent sur le sol. Il posa les mains sur la carte, doigts ouverts.

– Ton frère est décédé. Une balle dans le cœur, une autre dans la tête. Il n'a pas eu le temps de souffrir…

L'officier s'exprimait avec la certitude d'employer des mots réconfortants. Il parla d'un triomphe pour Israël, de la bravoure de Zeev, avant de présenter ses condoléances et de détailler les formalités d'identification.

La bataille avait permis de prendre deux villages arabes, que la Haganah venait de raser après en avoir chassé les habitants. L'officier, impatient, parlait vite.

– Tu te sens prêt à voir ton frère ?

Nissan avait le sentiment qu'on lui racontait une histoire triste qui ne le concernait pas. Il fit un mouvement de la tête, le gradé lui serra la main et un soldat le conduisit dans une cabane en planches. Le trajet, qu'il accomplit en claudiquant, lui parut interminable.

L'intérieur sentait le sable et le bois chauffé, une odeur semblable à celle des céréales en vrac, viciée par un remugle organique. Nissan et son guide empruntèrent une allée entre deux rangées de lits de camp, sur lesquels reposaient des corps cachés sous des draps ; il distingua une poitrine mutilée, un bras cassé à angle droit et une jambe arrachée. Le bas des murs avait été scié pour l'aération.

Nissan écarta une toile, pénétra dans un réduit plus sombre, où reposaient des formes enveloppées dans des suaires. Le soldat qui accompagnait Nissan ôta l'un d'eux et Zeev apparut, ou plutôt sa reproduction ratée : ses joues coulaient, affaissaient son visage couleur de beurre rance ; à la jonction des sourcils, entre ses yeux clos, un point coagulé virait au goudron.

– C'est bien mon frère.

Le soldat replaça le suaire, Nissan saisit l'épaule du fantassin et le pressa de transmettre à sa place la nouvelle à leur famille.

– Dis-leur que je vais bien, moi, dit Nissan.

*

Zeev fut inhumé dans le nouveau cimetière du *moshav*, sur le flanc de la colline où Nissan avait découvert Aron, quelques années auparavant. Un fumet de réglisse et de résine tombait des conifères qui ombrageaient les tombes. Zeev était l'un des plus jeunes défunts, la majorité avait été soldats, comme lui. Nissan se déplaçait à l'aide de béquilles. Sa mère l'embrassa en lui enfonçant la joue avant de s'écrouler et de frapper la terre à coups de poing, hurlant contre son malheur. Son mari essaya de la relever, Esther et Dina durent lui venir en aide : elle et Yakov avaient raté leur vie, leur grand garçon avait péri avant eux, hurlait-elle. Ils l'assirent sur un tronc couché, Esther enlaça Nissan, lui fit jurer de survivre, avouant lui avoir souhaité du mal et le regretter. Nissan fit un pas en arrière et la toisa : sa sœur vieillissait, le hâle du soleil donnait à sa peau une teinte écarlate, révélait des plissures autour des yeux et de la bouche, des taches sur les bras et le visage. Esther l'implora de revenir vivre au *moshav*, d'une voix enrouée par la gêne.

– Je vais déjà rester quelques jours avec vous, répondit-il.

Dina approcha, confuse de voir sa mère en situation de faiblesse. Plus élancée qu'Esther, elle avait le visage moins massif, la même expression toujours un peu désorientée qu'Aron. Nissan lui fit remarquer qu'elle avait grandi et lui recommanda de prendre bien soin de sa mère, car elle en avait l'âge désormais, puis il s'assit à côté de Ruth.

Les funérailles achevées, Esther et Dina retournèrent aux champs. Nissan accompagna Yakov dans son atelier, lui tendit ses outils pendant qu'il taillait, cloutait et ouvrageait le cuir. Nissan surprit le vol d'une libellule, l'échappée d'un rat-mulot et une bande de lumière glissée sous la porte de l'atelier, qui s'épaissit puis diminua au gré du jour. Il délaissa les béquilles pour se promener dans le *moshav* en uniforme de l'armée, à l'allure d'un vieillard. Chaque ferme s'était équipée d'un tracteur et d'une moissonneuse mécanique, on avait aussi bâti une synagogue, contre les vœux des premiers colons. Il croisa des enfants inconnus, identifia des *moshavniks* grandis, fortifiés ou tassés. Des gamins le pistèrent sur des centaines de mètres, jusqu'à ce que le plus effronté l'interpelle :

– Qu'est-ce qu'il t'est arrivé à la jambe ?

– J'ai posé trop de questions, répondit Nissan.

*

Dans les postes de radio, Ben Gourion annonça la création de l'État d'Israël. Il y eut la fête sur la place du *moshav*. Des anciens défaillirent de joie, les couples clandestins s'affichèrent, on chanta, on dansa, une nouvelle histoire débutait, l'âge d'or.

Après trois valses, Yakov et Ruth s'embrassèrent et se serrèrent l'un contre l'autre pour ne pas tomber, en sanglotant. Les *moshavniks* vinrent à Esther, restée assise, et lui adressèrent leurs condoléances, leurs hommages et leur promesse de soutien, qu'elle accueillait avec un rictus serré, tenant la main de Dina, restée auprès d'elle.

Nissan prétexta une douleur à la jambe pour ne pas se rendre à la fête. Il attendit sur le seuil de la maison, tenant son vieux Mauser par le canon, crosse au sol, assis sur une chaise face aux lueurs de la célébration qui allumaient la nuit.

Un colon s'approcha et l'incita à se joindre au bal. Nissan saisit son arme, le mit en joue.

– Les bruits de la fête couvriraient la détonation, tu sais…

Le pionnier leva les bras, Nissan pointa son canon vers le ciel puis tira. Le colon s'enfuit à toutes jambes en direction de la musique.

17

Le lendemain de la proclamation de l'État d'Israël, Transjordaniens, Libanais, Syriens, Irakiens et Égyptiens attaquèrent Israël simultanément, ouvrant chacun un front.

Les Syriens fondirent sur Degania, à moins d'une heure de voiture du *moshav*, avec l'objectif de s'emparer de la vallée du Jourdain ; l'armée israélienne les repoussa à l'aide de canons français de 1914 et de cocktails Molotov. Contre toute attente, les Juifs emportèrent la Galilée et le *moshav* se trouva hors de danger.

Les hommes quittèrent le *moshav* pour se battre, sauver leur pays nouveau. Nissan, invalide, fut l'un des seuls à rester. Il s'ennuyait, incapable de peindre, de dessiner ou de répondre aux lettres de Rachel ; il radotait son impatience de regagner le front et agaçait sa mère, qui refusait de le voir retourner au combat.

Les soldats de retour au village parlèrent de Syriens brûlés vifs dans leur char, de côtes cassées à coups de crosse, de couteaux dans les tempes, sous une canicule qui rendait fou.

Rassemblés autour du poste de radio, les *moshavniks* reportaient l'évolution des combats sur une carte fixée au mur de la salle commune. À l'annonce de la défaite israélienne à Jérusalem, Esther se cloîtra dans sa chambre pendant deux jours, sans boire ni manger.

– J'espère que le retour du Messie n'est pas pour tout de suite… Vous imaginez si les Juifs inhumés sur le mont des Oliviers ressuscitaient chez les Arabes ! dit Nissan à sa mère.

– Je trouverais cela drôle si nous n'étions pas en guerre, rétorqua Ruth.

*

Nissan fut réintégré même si sa cuisse le faisait toujours souffrir. Il reprit les armes pour se remplir la tête de bruit, oublier son frère, le *bon frère*, celui qui aurait dû vivre. Nissan fut dépêché à Latroun, où les Israéliens espéraient dégager une voie de ravitaillement vers Jérusalem enclavée. Il fallait enlever aux Transjordaniens ce saillant qui dominait la route entre Tel-Aviv et la ville trois fois sainte. Il s'agissait de prendre une abbaye juchée sur un promontoire, comme au mont Cassin. Sans désir d'en réchapper ni de vaincre, Nissan prit part à deux assauts qui échouèrent.

Nissan se laissait porter, admirait le fait accompli, la laideur comme la grâce, la panique et l'ardeur, les projectiles quadrillant le ciel, les ordres et les insultes des guerriers livrés à eux-mêmes, les chars carbonisés propageant leur incendie à la brousse et les ondulations de paysages qu'il aimait croire antédiluviens. Il vivait sans passé, comme une caillasse projetée, enroulée dans l'air ; sa vie mal lancée et ses toiles n'existaient plus.

Latroun vira à la farce lorsqu'une patrouille israélienne découvrit par hasard une piste carrossable permettant de ravitailler Jérusalem. La bataille devint inutile mais se poursuivit tout l'été au nom de l'honneur, ce tic de l'âme.

Nissan se rendit à Lydda et à Ramle, sa division chassa les civils qui n'avaient pas encore fui le long des routes en emportant meubles, vêtements et bétail, dans la touffeur d'un après-midi sans retour. Nissan épiait les fenêtres à la recherche de tireurs embusqués, sans appréhension : une balle entre les yeux ne faisait pas souffrir, paraissait-il.

Les Israéliens pénétrèrent dans Lydda sous les mortiers arabes tirés depuis le poste de police. Nissan traversa la ville au sein d'un convoi, à bord d'une Jeep blindée, ouvrant le feu à vue. Un homme tomba d'un camion de tête, les bras repliés contre l'abdomen ; la Jeep de Nissan l'évita de justesse, continua son chemin, dépassa Lydda et y pénétra de nouveau. Nissan couvrit ceux qui hissèrent le mort à bord de son véhicule.

Couché à l'arrière, le défunt scrutait le ciel de ses yeux fascinés, les cahots de la route singeant les secousses de la vie.

Les Juifs prirent Lydda, les affrontements se poursuivirent le lendemain. Trois blindés transjordaniens firent irruption dans la ville et ses habitants se soulevèrent contre les Juifs. Sous la mitraille, Nissan suivit un détachement de soldats qui tirèrent sur des civils rassemblés dans une mosquée, défoncèrent les portes de maisons dont ils exécutèrent les occupants. Il s'éloigna, sans comprendre qu'il fuyait. Un fantassin israélien le rattrapa : l'homme avait les cheveux blancs, un nez épais, des enfants et une femme devaient l'attendre chez lui. Il était la raison et la convenance, à cette heure.

– Tu te trompes de direction, mon gars, dit-il.

Autour d'eux, soldats et civils s'éparpillaient sans savoir s'ils échappaient ou allaient à la mort, en quête d'une lame sur laquelle s'enfoncer, d'un abri où se réfugier. Un bref instant, Nissan songea à tuer le guerrier aux cheveux blancs et à déserter, à disparaître. Ce meurtre lui aurait fait perdre tout ce qu'il possédait : un pays qui naissait dans la mitraille, qu'il défendait tout en le haïssant, une terre à laquelle il était lié malgré lui et une famille. L'homme lui proposa de retourner au combat et Nissan obéit, regagna les cris et les explosions.

*

Quelques jours plus tard, il quitta la zone dite pacifiée. Pour les civils arabes, assoiffés, chargés de paquets, escortés par les soldats juifs, ce fut l'exode.

Nissan prit part à l'ouverture d'un corridor vers Jérusalem. Un soir, un colonel annonça la victoire des forces israéliennes contre les Égyptiens dans le Sinaï et le Néguev. La guerre prit fin, encore une fois.

*

Nissan revint à Tel-Aviv, reprit son emploi de peintre en bâtiment. Sa mère lui rendit visite, le trouva éteint, aussi apathique qu'un veilleur de nuit à la fin de son quart.

– Les combats n'auront pas de fin. L'armistice n'est qu'une trêve, dit Nissan.

– Ne dis pas ça, ton frère n'est pas mort pour rien.

– Est-ce que les cadavres servent à quelque chose ?

– Peut-être à bâtir une nation ? lança Ruth.

Nissan détourna la tête. Ruth se rendit à la fenêtre, consciente qu'elle ne convaincrait pas le fils qui lui restait. Dans ces quelques pas, leur mesure et leur régularité, Nissan crut déceler de la tristesse, une dignité crispée, proche de s'effondrer.

– Rentre au *moshav*, tu ne fais rien de ta vie. Ton père et moi, on vieillit.

– Ici, je peins et je dessine, c'est bien assez. Mais je te promets que je pense souvent à vous. Avant l'aube, quand je m'endors sur une toile et que je sais que vous vous levez pour aller traire, dit Nissan.

Sa mère expira.

– Tu n'es jamais heureux, jamais fier de toi.

– Je suis heureux, maman, autant que possible.

– Mais alors quoi ? Tu vas vivre toute ta vie ainsi, sans jamais savoir dire si tu vas bien ou mal ? demanda Ruth.

– Je dois quitter Israël.

*

Nissan se lança dans de nouvelles séries de tableaux, pour lui seul. Il y eut des portraits lie-de-vin, attachés entre eux par des superpositions de feuilles encollées, teintes à l'encre de Chine. Aux pinceaux fins, il improvisa des estampes véristes et bicolores, qu'il appela *Symboles vivants* : un petit vendeur de bonbons à un feu de signalisation où des chars attendaient le vert, un maréchal-ferrant limant le sabot d'un cheval à trois pattes ou un rabbin aveugle pleurant sur une tombe musulmane couverte de pierres.

Nissan renoua avec Rachel, qui le convia à une réunion des Onze, invitation qu'il accepta sans enthousiasme, dans un souci de réconciliation. Les Onze souhaitèrent son avis sur un manifeste dans lequel le groupe écrivait *célébrer l'Israël juif et pur, survivant et triomphateur.*

Nissan parcourut le texte puis rendit la feuille au jeune homme blond qui avait été l'amant de Rachel.

– Garde cet exemplaire, il est pour toi. On espère que ça te décidera à réintégrer le groupe, dit ce dernier.

Nissan déchira le papier, le piétina.

– Vous avez moisi. Le patriotisme est devenu votre fonds de commerce. C'est bien, vous vivrez confortablement.

Il quitta la salle sous les insultes.

L'administration lui attribua une maison à Jaffa pour ses bons offices en tant qu'artiste et soldat. Il la refusa. Nissan attendit quelques jours pour l'annoncer à Rachel, déjà échaudée par la dispute avec les Onze. Il choisit un après-midi ensoleillé, alors qu'ils chevauchaient la digue du port, les pieds au-dessus de la mer, tournés vers Jaffa.

– Mais t'es idiot ! On aurait pu s'y installer tous les deux ! s'écria Rachel.

– Je refuse d'habiter une maison volée aux Arabes.

– Tu as toi-même chassé des gens de chez eux !

Rachel avait raison.

– J'irai en Europe, d'une façon ou d'une autre, dit Nissan, pris d'une soudaine langueur.

– Tu as encore ça dans le crâne ? hurla-t-elle, trahie, aimante.

Nissan inclina la tête vers la mer qui clapotait sous lui, honteux de ne pas savoir regretter le moindre de ses actes et de ses mots.

– Tu sais que je ne te suivrai pas en Europe ? menaça-t-elle.

Il garda le silence quand Rachel espérait des cris.

– Je ne comprends pas ce que tu veux. Et le plus grave c'est que toi non plus, ajouta-t-elle.

Rachel s'essuya les yeux du revers de la main, dans un geste qui déploya son joli bras blanc. Le vent lissa ses cheveux puis elle fit volte-face et partit ; Nissan la regarda rétrécir jusqu'à disparaître derrière un homme qui se retourna sur elle.

*

Nissan se rendit chez Malka. Sitôt qu'elle ouvrit sa porte, elle l'enlaça, psalmodiant le nom de Zeev, hoquetante. Elle le fit entrer. La brise de mer gonflait les rideaux du salon. Malka fit asseoir Nissan sur l'un des sofas et s'installa face à lui.

– Alors, tu as vu le cadavre de Zeev ?

– On aurait dit un enfant qui faisait la sieste, mentit Nissan.

Malka ordonna à la domestique de préparer du thé. Elle interrogea son frère comme jamais elle ne s'y était risquée :

– C'est vrai ce qu'on raconte sur Deir Yassin ? Et sur l'exode des Arabes ?

– Dans certains endroits, nous les avons chassés. Dans d'autres, ils ont fui… Pour Deir Yassin, je ne sais pas.

– Que comptes-tu faire dorénavant ? Peindre ?

Malka prononça le mot « peindre » en retroussant les lèvres.

– Je veux me rendre en Europe pour me former et j'aimerais que ton mari m'aide encore une fois… Les choses ont changé : j'ai défendu Israël.

Elle déglutit, croisa les jambes et s'enfonça dans le fauteuil. Nissan prit sa tasse, la porta à ses lèvres : le thé était froid et sirupeux, d'un goût de tourbe amère.

La porte d'entrée s'ouvrit, des bruits de semelles retentirent et Yitzhak pénétra dans la pièce, jeta sa mallette sur la table à manger. Il ôta sa cravate et serra la main de Nissan avec un empressement assuré. Nissan surprit le relent aigre de sa sueur d'homme de bureau, sécrétée sans bouger, les auréoles aux aisselles de sa chemise et son haleine terreuse, alourdie par le café lyophilisé.

Yitzhak alluma une cigarette, souffla la fumée au-dessus de lui ; Malka lui rapporta ce que venait de dire Nissan. Yitzhak plissa les yeux, tapota sa cigarette sur le bord du cendrier posé sur la table basse, la remit à la bouche et s'assit sur un accoudoir du canapé.

– D'accord, dit-il en fixant ses mocassins.

Nissan soupçonna sa sœur et Yitzhak de s'être concertés.

– Il me semble plus raisonnable que ton frère formule d'abord une demande de visa pour le Royaume-Uni, lâcha Yitzhak en nettoyant le bout de sa chaussure avec son pouce.

Sans un mot, Malka garda les yeux rivés sur son frère – une façon de suggérer à Nissan d'accepter la suggestion de Yitzhak.

– J'insiste, je préfère tenter la France… je connais moins les Français que les Britanniques, ils me seront donc plus supportables, répondit-il.

Sa sœur se leva d'un bond en ouvrant les bras.

– Mais tu es vétéran de l'armée britannique. Tu aurais beaucoup plus de chances d'obtenir un visa pour le Royaume-Uni !

– Je veux suivre les cours de l'académie de la Grande Chaumière, à Paris.

Malka se rassit, Yitzhak écrasa sa cigarette dans le cendrier avec l'expression blasée de celui qui repousse des spéculations assommantes.

– Bon, je ferai ce que je peux… On mange ?

Le dîner dura jusqu'aux premières heures de la nuit. Yitzhak voulut tout connaître des faits d'armes de Nissan ; Malka insista pour que son frère reste dormir, Nissan déclina. Au moment de prendre congé, Yitzhak tendit la main à Nissan, qui la serra.

– Enclenche les formalités dès cette semaine. Cela peut prendre du temps.

Nissan suivit les recommandations de son beau-frère et l'attente débuta, trop longue quoi qu'il arrive.

Nissan continuait de partager son temps entre son travail de peintre en bâtiment et ses toiles. Mais il se méprisait de se voir en artiste du dimanche. Il était terrifié à l'idée que son travail du jour l'épuise au point de le détourner de la peinture ; la colère contre la fatalité le tenait éveillé, tout à son art, obsédé, braqué contre la fatigue, les besoins de sortie et de distractions. Rien d'autre n'en valait la peine. Il lui fallait peindre, non par plaisir, mais pour exister. Inactif, il se dévorait les ongles à se faire saigner. Il acheva quelques monochromes, des camaïeux de blanc et de jaune d'or ainsi que des tableaux abstraits, réalisés directement avec les mains, sans pinceaux, où il répliqua des cubes, des losanges, des cercles, des lignes brisées et des formes ailées. Il se rendit au *moshav*, sur la tombe de Zeev, propre et fleurie, nettoya celle d'Aron, mangée par le chiendent, couverte de cosses et de fanes. La nuit suivante, Zeev et Aron apparurent dans ses rêves, lui parlèrent la langue désarticulée des songes. Il tenta de leur répondre mais n'émit que des sifflements d'oiseaux.

Ses parents ne dormaient plus que quelques heures par nuit et devaient faire la sieste après le déjeuner, comme les enfants ; leur peau se tavelait de taches et de grains de beauté, ils portaient sur eux une odeur de chambre confinée. Il arrivait à Ruth de pleurer soudainement : son dos la faisait souffrir, disait-elle. Il fit mine de la croire, prit soin de ne pas évoquer Zeev avec elle les jours de ces épanchements. Nissan ne leur confia rien de ses projets d'Europe, ni à Esther, et interdit à Malka d'y faire allusion dans sa correspondance avec la famille.

De retour à Tel-Aviv, Nissan vécut avec une légèreté dont il s'était cru incapable ; il allait partir, n'envisageait pas d'autre issue que l'exil, le contraire l'aurait sorti de l'existence, poussé au suicide. Lui et Rachel faisaient l'amour plusieurs fois par jour, avec l'appétit des condamnés ; leurs disputes cessèrent. Tel-Aviv continuait de s'étendre, c'en était fini des dunes.

Le sujet du visa occupait les conversations de tous les déjeuners chez Malka et Yitzhak. Ils tentaient de trouver des présages favorables dans les babillages de Jonas, puis ricanaient, se trouvant idiots de spéculer ainsi.

*

Quand Yitzhak apprit la nouvelle, il appela Malka, qui se précipita chez Nissan. Son frère n'était pas encore rentré. Comme il pleuvait, elle l'attendit plus d'une heure dans un café en face de chez lui, où les hommes la scrutèrent avec une curiosité avide. Sitôt qu'elle aperçut Nissan, elle posa l'équivalent de cinq fois le prix de son jus d'orange sur la table et sortit.

– Ce type-là est veinard, entendit-elle en franchissant la porte.

Son frère rentrait du travail, trempé, les cheveux huilés de couleurs, comme si la ville avait bruiné sur lui. Elle se planta devant Nissan.

– Tu pars... ta demande de visa a été acceptée.

Il écarquilla les yeux et la serra sans un cri, voulant hurler ; une chaleur se déversa dans la poitrine de Nissan, lui donna l'envie de rire éperdument.

– Tu dois être heureux, dit Malka, se contenant pour ne pas déplorer la nouvelle.

Nissan ne devina rien du désarroi de sa sœur, qui lui proposa de fêter l'annonce en allant dîner ; Nissan refusa, l'embrassa et rentra chez lui, dormir tout son soûl.

Le lendemain, Nissan téléphona à la famille depuis chez Malka. Yakov, Ruth, Esther et Dina s'étaient rassemblés à la maison commune, autour du seul téléphone du *moshav*, en tenue du dimanche. Un télégramme de Nissan les avait informés d'une grande nouvelle à leur annoncer.

Ils se parlèrent d'abord du temps qu'il faisait, de la santé, puis Ruth coupa court, en russe.

– Alors, qu'as-tu d'important à nous dire ?

– Je quitte Israël. Je vais en France.

Yakov et Ruth avaient imaginé un mariage, un enfant.

– Alors, tu ne reviendras plus ? lança son père.

Puérile et honnête, la question sidéra Nissan.

– Seulement quand il le faudra, dit-il.

*

Nissan annonça son départ à ses amis, qui le félicitèrent. Dans son dos, on le dit perdu, inconséquent, l'un d'eux lui parla sans hypocrisie :

– Tu pars alors que tu devrais nous aider à bâtir le pays pour lequel nous avons pris les armes.

– Mon choix est irrévocable.

– C'est déplorable.

Quelque chose céda en Nissan.

– Pourquoi ?

– Tu trahis.

Il sourit pour dissimuler son irritation et s'en alla.

Nissan informa Rachel en dernier : la nouvelle lui cassa les épaules mais elle lui souhaita bonne chance, sans effusion.

– Cela ne pouvait pas finir autrement, hein ? lança-t-elle.

Nissan acquiesça.

– Je te demande de bien vouloir me laisser, maintenant. Nous avons perdu trop de temps, dit Rachel.

Nissan obéit sans un baiser ni un geste. Il traversa Tel-Aviv, fantasma des complications administratives de dernière minute, un veto des autorités qui l'aurait empêché de quitter Israël. Tel-Aviv l'amnésique était devenue sa mémoire, il repassa devant les lieux des réunions communistes clandestines, les squares où il avait dessiné des journées durant, le trajet des promenades avec sa mère, les emplacements des brouilles dérisoires avec Rachel et des nuits de fête, insomnies célestes.

La seule page vierge de son carnet de croquis était la quatrième de couverture, où Nissan reproduisit le coucher de soleil face à lui, traçant des cercles concentriques au pastel rouge.

C'était fini, il partait afin de redevenir l'enfant qui dessinait pour lui seul, caché dans le maquis, de s'oublier auprès de mœurs nouvelles, dans un vieux pays d'Europe voulant revivre après la guerre. Nissan croyait l'exil capable de ce miracle rendu possible par une chaîne d'influences secrètes, de paperasses contresignées, de buvards et de formulaires. Un miracle trivial et bureaucratique. Mais un miracle.

Nissan vendit ses tableaux lors des jours de marché, entre deux volaillers. Il gagna ainsi de quoi payer son voyage et largua ceux qui n'avaient pas trouvé preneurs dans un bassin du port.

UN DEMI-SIÈCLE PLUS TARD

Un vieil homme peignait un vieil homme, assis sur une chaise pliante installée dans un jardin hirsute, sans allées ni clôtures, entouré de haies vivaces où cascadaient les grappes blanches de fleurs d'aubépine. La pluie avait cessé depuis peu, l'eau lustrait les feuilles et une fragrance de bois vert s'élevait du sol, exaltée par le vent qui faiblissait. Les troncs d'arbres hachuraient le ciel amande et rose.

Sur le lavis sable de sa toile, le vieil homme peignait un vieillard coupé à l'abdomen, aux épaules mal détachées du buste, les mains hors champ ; un liseré noir soulignait le corps et le visage, sa tête avait la forme d'un œuf renversé pris sous une chevelure neigeuse, entre de longues oreilles dépourvues de cartilages. Deux points et deux tirets lui faisaient office de nez, d'yeux et de bouche. Posté sur un tabouret trop étroit, le personnage patientait comme s'il savait que son attente n'en valait pas la peine, incrédule.

Le vieux peintre posa son pinceau et but au goulot d'une bouteille de soda remplie d'eau du robinet, posée dans l'herbe. Ses pieds et ses chevilles étaient trempés. Il s'était installé dehors sitôt l'orage terminé, malgré la fatigue du voyage. Il avait attendu ce moment depuis son départ d'Israël, la veille.

Le vieux peintre fouilla ses couleurs au couteau, accentua les ondoiements pour faire remuer son personnage aux yeux de souris. La journée s'achevait, le crépuscule le douchait d'orange : tout à coup, il vit l'œuvre apparaître, son tableau *tenait*, il n'y avait plus rien à soustraire ni à ajouter. Il lâcha son pinceau et son couteau, déglutit difficilement tant sa gorge était sèche, palpa sa nuque endolorie et laissa tomber sa tête entre ses genoux.

– Nissan, tu as fini, dit-il en fixant l'herbe froide.

Il avait quitté Paris à l'aube pour rallier la ferme qu'il avait acquise en Bourgogne quelques mois plus tôt, dont il avait lui-même restauré l'installation électrique et la toiture. Avant cela, il y avait séjourné seul et peint à la lueur de bougies ; femme et enfants l'y rejoindraient dans cinq jours pour fêter son anniversaire – une date présumée, perdue lors des exils.

Il venait de passer un mois au Moyen-Orient : une semaine en Israël, au *moshav* de sa jeunesse, puis trois en Cisjordanie, où il avait donné des cours de peinture à de petits Palestiniens, sur l'invitation de son amie Dorit, présidente d'une association enseignant l'art aux enfants du camp de Jénine.

*

De retour au *moshav* après plusieurs années d'absence, Nissan trouva Esther couchée sur un lit médicalisé qui était installé dans le salon. Elle respirait grâce à des tuyaux enfoncés dans les narines, reliés à une bonbonne d'oxygène. Elle qui n'avait jamais eu que les cheveux noirs puis blancs avait choisi une perruque blonde.

– Au moins, le cancer me permet de me sentir un peu Marylin.

Esther faisait cette blague deux ou trois fois par jour.

Le salon formait une grande pièce à vivre qui recouvrait la cuisine de jadis et une quarantaine de mètres carrés pris sur l'ancienne basse-cour. Il donnait sur une cuisine américaine équipée, un téléviseur occupait la place de la table à manger d'autrefois ; de vieilles photos trônaient sur un petit buffet, dans des cadres en cuir cornés. On y trouvait les portraits d'Esther et de Malka juste après leur *aliyah*, ou encore ceux de Yakov, Ruth, Nissan et Zeev, réalisés chez Radu, à Kishinev.

Malka prépara le repas en compagnie de Dina et de ses deux filles. Son fils Jonas était retenu à Netanya pour le travail. Les schnitzels mis à frire répandaient une odeur savonneuse de panure et d'huile, malgré la hotte électrique qui fonctionnait à plein régime. Elles agrandirent la table en bricolant des rallonges à l'aide de planches ; la nappe disparut sous les assiettes en carton, les saladiers, les verres, les bouteilles d'eau, de soda, les plats de tomates, de thon, de crudités, d'olives et de houmous. On passa à table. Chacun se servit tandis que la télévision continuait de brailler ; depuis son lit, Esther intimait à l'un et à l'autre de s'essuyer la bouche, de resservir son voisin, de manger, de sourire et d'ôter les coudes de la table.

Elle appela Nissan auprès d'elle, lui pressa les mains et l'implora de revenir s'installer en Israël, avec une voix de tête que son frère crut ironique. Il se pencha sur sa sœur, parodia ses câlinages.

– Impossible. Au bout d'une semaine ici, je me sentirais obligé de passer chez les Palestiniens.

La télévision montrait des Arabes masqués de chiffons et de keffiehs, jetant des pierres sur les soldats de Tsahal ; Nissan ordonna à ses petites-nièces d'éteindre le poste mais elles ne l'entendirent pas.

– Nous avons perdu trop de temps à cause de la politique. Tu as même raté l'inhumation de maman, lança Esther en montrant la télé, on se croit immortel et on finit dans un lit, incapable de respirer et de faire ses besoins tout seul. Ici, toi et Lisbeth, vous ne manqueriez de rien… et vos enfants sont presque adultes, ils font leur vie en Europe.

Nissan donna un baiser à sa sœur, retourna s'asseoir auprès de sa femme et annonça passer les trois semaines suivantes à Jénine. Effarée, Esther hocha la tête comme si son petit frère avait clamé s'être fait dessus ; Nissan tapota sur sa montre en souriant.

– Je ne vais pas tarder à sortir de table. J'ai rendez-vous avec Arafat, cette nuit !

Dina et Malka se levèrent pour débarrasser, le visage rose de honte et de colère rentrée. Lisbeth trouva une contenance en posant les yeux sur une toile de son mari, maculée de lambeaux multicolores imitant les sargasses. La perspective donnait l'illusion que le cadre reposait sur la tête de l'époux de Dina, occupé à bâfrer, penché sur son assiette, une bille de houmous à la commissure des lèvres.

*

À Paris, Nissan suivit les cours de l'académie de la Grande Chaumière et ceux des Beaux-Arts. Il participa à la fondation d'un groupe anticolonialiste et antisioniste qui mêlait Occidentaux, Arabes et Juifs. La plupart des membres vivaient à Londres, où Nissan se rendait fréquemment. Le réseau attira des diplomates en rupture de ban, des artistes, des porteurs de valises, des intellectuels et des espions. Ils se positionnèrent en faveur de l'indépendance de l'Algérie, du retrait des troupes américaines du Vietnam, dénoncèrent le soutien yankee aux dictatures latino-américaines, le sort des Palestiniens, l'exploitation de l'Afrique par les puissances occidentales, la chienlit soviétique et les famines chinoises. Certains de ses membres furent emprisonnés, interdits de séjour dans leur pays, battus ou assassinés par des ombres que la police n'identifia jamais.

Ils publiaient une revue dans laquelle Nissan signait ses articles *Le Juif palestinien* ; il y plaidait en faveur de la création d'un État binational sur les bases d'avant 1948 et pour la reconnaissance de la Nakba.

Quand il était de passage à Londres, Nissan séjournait avec les autres membres dans une bâtisse victorienne qui appartenait à l'un d'eux, issu d'une lignée de riches marchands libanais. Ils imprimaient leur revue sur une ronéo des années vingt cachée au sous-sol. Les nuits de tirage, ils veillaient devant la mécanique qui dévidait les tombereaux de papier noirci dans un fumet d'encre et de graisse chaude ; la rotative secouait les lustres et les murs du phalanstère, répandant une moiteur qui irritait la gorge et les yeux.

La bâtisse se vidait et se repeuplait tous les jours, occupée par des personnes chaque fois différentes. Nissan s'était attribué une chambre sous les toits, dont la seule fenêtre était un vasistas qui donnait sur le ciel ; il écrivait et peignait là, sans rien apercevoir du monde. Seuls les nouveaux arrivants osaient l'investir en son absence. Pour les chasser, Nissan disait qu'elle avait été le théâtre d'un meurtre sordide au temps du Blitz. Si cela ne suffisait pas, il montrait la colonie de blattes et de punaises qui grouillait sous les cloisons d'un autre siècle et dévorait les livres remisés là, aux pages cassantes comme de la monnaie-du-pape.

Étouffante en été, gelée en hiver, la chambre de Nissan était la plus étroite et la plus lumineuse de toutes. Même les jours de bruine et de brouillard, il y régnait une clarté de monastère alpin.

*

Il vivait sur les rails, les routes et les mers, d'ami en ami, intenable comme un fugitif. Nissan apprit le français, l'anglais, se remit à l'italien, questionnant les gens mis sur son chemin avec une indélicatesse abrupte, une curiosité rustre, au point d'en amener certains à s'écarter de ce grand jeune homme aux cheveux noirs vite blanchis aux tempes, qui se disait juif palestinien sitôt qu'il se présentait, que cela soit sur le quai de la gare de Waterloo, à la caisse d'une épicerie de Ménilmontant ou au zinc d'un PMU de Grenelle ou d'un pub de Whitechapel. Libre, Nissan oubliait la prudence et le savoir-vivre, empressé de connaître l'existence qu'il avait si longtemps manquée, constamment dans la crainte que la liberté cesse d'un coup, à cause d'un accident, d'une maladie ou d'un espion. Il réalisa rapidement qu'il ne connaîtrait jamais la satiété d'être au monde, la sérénité de celui qui sait avoir connu suffisamment de femmes, peint assez de bons tableaux ou passé ce qu'il fallait de nuits blanches à fêter Paris ou Londres, dans l'atelier de tel ou tel bohème.

*

Nissan et sa femme Lisbeth se connurent à Londres, lors d'une soirée de Boxing Day, à la fin de l'année où commença la révolution culturelle de Mao. Elle était alors fille au pair dans une famille de Chelsea et enseignait l'allemand.

Lisbeth était issue d'une famille de musiciens souabes luthériens, suffisamment doués dans leur art pour en faire leur métier et en acquérir un peu de célébrité. Ses parents et ses sœurs pratiquaient le chant lyrique, jouaient aussi bien de la contrebasse, du clavecin, de l'accordéon et du hautbois que de la trompette, de la lyre et de la guitare. La gloire de la dynastie était un cousin germain, baryton mort à l'âge de vingt-cinq ans des suites d'une mauvaise chute dans les escaliers de la maison de campagne de sa maîtresse, épouse d'un richissime armateur hambourgeois. Le génie de la famille avait ainsi échappé à la consécration et à l'histoire à cause d'un coin de moquette mal clouté ; cela inspirait à Lisbeth de bons mots fatalistes sur la stupidité du destin, qui la faisaient rire aux larmes. Elle jouait de la flûte, du violon et du piano quand l'envie lui en prenait. Soit presque jamais, rebutée par les années de solfège et de répétitions de gammes.

Son humour attira aussitôt Nissan, qui trouva aussi du charme dans ses manières naturellement tenues, douces, et sophistiquées d'ex-danseuse classique, sa façon de regarder par en dessous, à la fois bienveillante et persifleuse, ou encore de jouer avec sa chevelure d'un châtain sans reflet pour couvrir et découvrir son visage aux traits un peu forts, que ses expressions animaient d'une tension toujours capable de s'arrondir.

Lisbeth et Nissan étaient l'un pour l'autre deux exotiques, deux impossibles qui s'étaient rencontrés et dont les sentiments se régénéraient à cette incongruité, en dépit de disputes homériques.

– Si le monde avait été bien fait, tu serais resté traire les vaches en Galilée et je serais devenue une violoniste opiomane qui aurait servi des schnaps à un chef d'orchestre teuton obèse.

C'est ainsi qu'elle entama son discours quand ils se marièrent à Londres, un an après leur rencontre, devant quelques amis. Une noce à la bière et au *fish and chips*.

– Une Chleuh ? Et pourquoi pas une Arabe ? dit Esther en apprenant la nouvelle au téléphone.

*

Lisbeth et Nissan eurent deux garçons, nés à Londres à trois ans d'intervalle, contraints de rester à Paris pour passer leurs examens universitaires pendant que leurs parents allaient retrouver la famille en Israël. Les fils de

Nissan et Lisbeth avaient rédigé une lettre à l'attention de leurs tantes, où il était question de soutien, d'amour, de lutte contre la maladie et de se revoir bientôt.

Sitôt arrivé au *moshav*, Nissan appela ses enfants et le combiné circula de main en main pour saluer les cousins et les neveux de France en yiddish, proche de l'allemand que les fils de Nissan et Lisbeth parlaient parfaitement.

– L'allemand étant une langue issue du yiddish, comme chacun sait, disait Esther.

*

Nissan et Lisbeth se firent prêter une voiture pour se rendre à Nazareth, Haïfa et Acre. Ils ne voyaient la famille qu'au petit-déjeuner et au dîner.

Dina et son mari montrèrent à Nissan le nouveau hangar à volailles, l'étable dernier cri et ses trayeuses à écrans à cristaux liquides. Nissan posa quelques questions par politesse. Après dîner, il arpentait le *moshav*, envahi par la fumée et l'odeur des mauvaises herbes brûlées, rougi par le crépuscule, tentant de reconnaître les adultes qui surveillaient les enfants restés jouer dehors ; les *moshavniks* l'ignoraient ou le saluaient machinalement. Il rêvait de Kishinev, la ville où il avait été conscient pour la première fois de sa vie et qu'il souhaitait revoir, avait-il confié à Lisbeth.

– L'année prochaine, à Kishinev, répondit-elle en parodiant la prière.

*

Au bout de six jours de cohabitation, Nissan se lassa d'entendre la famille évoquer les corvées de la ferme et maudire les Palestiniens.

– Vous pensez que je pourrai inviter un ami arabe à dîner, demain ? Pas besoin de cuisiner pour lui, il ne mange que des cailloux, lâcha-t-il en plein dîner.

Esther et Lisbeth lui demandèrent de cesser, de ne pas gâcher *ce bon moment* ; il quitta la table. Lisbeth tenta de rassurer Esther puis s'élança à la recherche de son mari, qu'elle trouva dehors, assis par terre.

– Laisse-moi ! Tu ne peux pas comprendre ! s'écria Nissan.

L'une des filles de Dina accourut.

– Qu'est-ce que tu fabriques là, toi ? Je vous déteste ! hurla-t-il.

L'adolescente mit la main devant la bouche et regagna la maison, choquée.

Nissan prit la voiture, roula une bonne partie de la nuit sur les routes de Galilée. *La famille est une sale tradition de l'être, une gale qui ronge toujours le même point de l'âme. Ici, je suis un chiot enfermé avec une portée consanguine. Ils sont incapables de s'enfuir de leur cage alors que la porte est grande ouverte*, pensa-t-il.

Nissan et Lisbeth quittèrent le *moshav* à l'aube ; seule Malka se réveilla pour les emmener à Nazareth. Alors qu'il s'apprêtait à monter en voiture, Nissan resta quelques instants à observer un rayon de soleil qui trouait le bleu terne de la nuit finissante. Soudain, il regagna la maison, sans répondre à sa femme qui lui demanda ce qu'il fabriquait. Nissan se rendit dans le salon, où il trouva Esther endormie dans son lit médicalisé, sa perruque blonde sur le dossier d'une chaise auprès d'elle ; une suspension ocre filtrait par les interstices des volets clos, Esther respirait profondément, des lignes d'effort se creusaient autour de sa bouche ; ses yeux fermés et dépourvus de sourcils faisaient songer à une plaie cicatrisée depuis peu. Nissan se pencha et posa un baiser sur sa joue ; il inspira mais la peau d'Esther ne sentait rien, sa sœur ne se réveilla pas. Il partit en veillant à ne pas faire de bruit, sans savoir qu'Esther le suivait du regard, les paupières à peine entrouvertes.

Malka déposa son frère et Lisbeth à la gare routière de Nazareth. Un taxi palestinien les y attendait pour les conduire à Jénine, à travers la Cisjordanie. Nissan promit à sa sœur de lui rendre visite à Tel-Aviv ; Malka occupait le même appartement depuis plus de quatre lustres, trop grand pour elle maintenant que ses enfants étaient partis et qu'elle avait divorcé.

Ils roulèrent environ trente minutes jusqu'à un *checkpoint*. Là, ils subirent l'interrogatoire blasé d'un soldat de Tsahal de l'âge de leur fils aîné.

– Ce petit con nous prend pour un couple de tiers-mondistes occidentaux en quête de loisirs dangereux, murmura Nissan à Lisbeth, son passeport français posé en évidence sur sa cuisse.

Les soldats ouvrirent le coffre, fouillèrent les valises et contrôlèrent leurs papiers, puis leur ordonnèrent de circuler.

Les routes asphaltées, les murs droits et les voitures neuves laissèrent place à des pistes de bitume éventrées, bordées d'épaves et de maisons sans toit, béantes, construites sur des terrains vagues aux allures de décharges. Les murs des villes et des hameaux étaient bariolés de fresques célébrant l'Intifada naissante, où surnageaient les visages d'Arafat, de Darwich et de Husseini, mêlés à des guirlandes d'inscriptions en arabe. Cela rappelait les mots d'amour que les Napolitains inscrivaient sur les murs, glissa Lisbeth. La saillie fit sourire Nissan. Le taxi doublait des bergers menant leur troupeau, perdus parmi les bêtes, le chauffeur prononçait tout haut le nom des localités ; les enfants de Jénine avaient hâte de rencontrer Nissan, disait-il dans un anglais peu intelligible.

– *Because art is life... art is life!* dit le chauffeur, qui prononçait cela en jetant la main vers le pare-brise, comme s'il écartait un rideau.

La Palestine baignait dans une léthargie proche de la paix. Un nuage brun flottait au-dessus du sol, il régnait une chaleur au goût de plastique brûlé. Des hommes fouillaient des tas de gravats, le taxi dépassa un père et son fils qui portaient chacun deux jerricanes d'essence. Nissan avait connu le temps où l'on allait sans passeport ni autorisation, quand cette terre était liée à la mer, sans contrôles ni *checkpoints* ; il avait contribué à la fermer, au temps de sa jeunesse et des espoirs.

De jeunes garçons se chamaillaient sur le bas-côté, la plupart n'avaient pas mué. L'un d'eux lança des coups de pied à l'aveugle, frappa deux camarades aux côtes. Se massant les flancs, les agressés ripostèrent à coups de poing, à deux contre un, jubilant. Sitôt que Nissan descendit sa fenêtre et les encouragea, ils se figèrent, pris en faute, sans savoir de quoi.

Le taxi se gara devant l'entrée du camp de Jénine, où Dorit les attendait en compagnie de membres de son association. Elle et Nissan tombèrent dans les bras l'un de l'autre ; voilà cinq ans qu'ils ne s'étaient pas vus. Divorcée depuis peu, Dorit venait de quitter les États-Unis pour s'installer définitivement en Cisjordanie. Elle et Lisbeth échangèrent une bise puis ils s'engagèrent tous ensemble dans le camp, à pied. Le taxi se chargea d'acheminer les bagages.

Ils s'enfoncèrent dans une ville de pierre, de bois et de mauvais béton, provisoire depuis des décennies, qui ressemblait à un amoncellement de matériaux trop usés pour servir ailleurs et d'enseignes ébréchées ; des trouées de ciel s'ouvraient dans les murs croulants, maculés de graphes et d'affiches mal arrachées. Une odeur de combustion, aux arrière-goûts d'essence, de cumin et de café bouilli, emplissait les rues ; les enfants se poursuivaient avec l'inconséquence émerveillée des êtres doués d'une imagination capable de les emmener loin de leurs corps. La plupart tapaient dans la main que Nissan leur tendait.

C'était jour de marché, les habitants allaient et venaient, affairés mais sans hâte.

– Restez à côté de moi…

Dorit passa le bras dans le dos de Nissan et de Lisbeth. Ils avancèrent ainsi, cousus, barrière à trois têtes, parmi la foule qui coudoyait dans un désordre subi et concerté, lestée de sacs plastique remplis de pois, de vermicelles, de melons, d'animaux dépecés, d'olives en vrac, de pain rond, de menthe, de piments et de sardines congelées, brillantes comme des lames. Sur les trottoirs, des hommes marchandaient des pièces automobiles détachées en agitant leurs mains noires de cambouis, certains s'étaient installés dans des cases en béton aux allures de cachots arasés.

Nissan échangeait avec Dorit en hébreu. Un homme se retourna sur eux et murmura à l'oreille de celui qui l'accompagnait ; Lisbeth essaya de croiser le regard de Nissan pour l'alerter de ce qu'elle venait de surprendre, quand Dorit l'apostropha :

– Je disais à ton mari que vous arriviez pour la fin du cours de théâtre d'aujourd'hui… Cette année, nous montons *Le Songe d'une nuit d'été*…

À la sortie du marché, ils pénétrèrent dans un gymnase. Des tiges de lumière tombaient du toit endommagé, projetaient par terre des disques jaunes. De toutes les tailles de l'enfance, les petits acteurs plaçaient la main en visière lorsqu'ils entraient dans ces tubes, les plus âgés savaient fondre ce geste dans leur jeu.

Dorit invita Nissan et Lisbeth à s'asseoir sur de petites chaises en bois, scarifiées d'inscriptions ; il faisait plus frais qu'à l'extérieur, une brise filait par les orifices des murs en tôle, rafistolés avec du contreplaqué. La fille de Dorit dirigeait la séance, ruisselante. Les enfants s'exécutaient, lui demandaient parfois de répéter ; il leur arrivait de suggérer une autre intention de jeu, souvent acceptée par la fille de Dorit.

La scène se vida, seul resta un garçonnet qui s'avança et salua, pieds croisés comme les ballerines, menton levé, puis dénoua les chevilles.

Ombres que nous sommes, si nous avons déplu,
Figurez-vous seulement (et tout sera réparé)

Que vous n'avez fait qu'un somme,
Pendant que ces visions vous apparaissaient.
Ce thème faible et vain,
Qui ne contient pas plus qu'un songe,
Gentils spectateurs, ne le condamnez pas[1] ;

Le trac faisait chasser sa voix. D'un mouvement de la main, la fille de Dorit battit un tempo sur lequel il posa son souffle ; la voix du petit garçon se fit plus grave, sa poitrine monta moins haut et il prit la gouaille grandiloquente des crieurs médiévaux :

Nous ferons mieux, si vous pardonnez.
Oui, foi d'honnête Puck,
Si nous avons la chance imméritée
D'échapper aujourd'hui au sifflet du serpent,
Nous ferons mieux avant longtemps,
Ou tenez Puck pour un menteur.
Sur ce, bonsoir, vous tous.
Donnez-moi toutes vos mains, si nous sommes amis,
Et Robin prouvera sa reconnaissance[2].

Ses épaules tombèrent, son ventre réapparut, il s'inclina sous les applaudissements épars, qui sonnaient

1. William Shakespeare, *Le Songe d'une nuit d'été*, traduction de Victor Hugo, Éditions Flammarion, coll. « Librio », 2007.
2. *Ibid.*

comme des claques redoublées ; Dorit se leva pour lui faire une ovation et tout le monde l'imita, faisant rougir le petit acteur.

*

Lisbeth et Nissan dînèrent chez Dorit en compagnie de membres de son association et de sa fille.

– Nous prenons toujours nos repas en commun.

Dorit entama son discours ainsi puis remercia Nissan et Lisbeth de leur venue. Elle céda la parole à Hussein, un poète qui enseignait son art aux enfants de Jénine. Sa peau très pâle lui valait le surnom de « Geisha ». Il tenait une feuille couverte de notes manuscrites qu'il ne lisait pas, se balançait d'un pied sur l'autre et ses yeux fuyaient ceux des convives.

– Nissan, je te connais seulement par ce que Dorit m'a dit de toi. Je te remercie d'être parmi nous. Nous avons besoin des artistes pour fouiller les sentiments qui nous soulèvent. Nous, les Palestiniens, sommes de fiers guerriers, mais aussi les jouets de promoteurs de bonne conscience, d'intérêts obscurs et cyniques, le support de haines en tous genres, le prétexte à des combats qui ne sont pas les nôtres… et des victimes. Nos parents ont découvert leur patrie en la perdant. Auparavant, leur existence, c'était la coutume, le village, le myrte, l'olivier, les troupeaux, les champs, les nuits d'été sur les toits des maisons. Je souhaite la paix pour nous et nos enfants, mais dans la décence et la justice. Or, il faut apprendre à nos enfants à souhaiter ces choses-là. Qu'il soit théâtre, littérature, peinture, musique, l'art peut exprimer notre soif de vivre, l'insoutenable nostalgie de notre terre, notre combat pour la recouvrer, avec le désir de ne pas ajouter d'injustice à l'injustice, de cruauté à la cruauté. Je veux enseigner à ces enfants l'insoutenable joie d'être au monde et ce que la paix nécessite de courage. Les artistes ne rendront pas l'humanité meilleure, mais peut-être plus consciente de la nécessité d'échapper à l'insignifiance et à la barbarie.

*

Nissan commença ses ateliers le lendemain, sous des tonnelles lestées de parpaings. Le vent soufflait si fort que les enfants durent poser des pierres aux coins de leur feuille. Dorit, Lisbeth et Hussein assistaient Nissan, qui se présenta en racontant son histoire : l'Ukraine, les pogroms, la Bessarabie, le *moshav*, les guerres auxquelles il avait participé, la peinture, Tel-Aviv et l'Europe. Il se contenta de quelques phrases, non par honte, contrition ou désintérêt, mais parce qu'il savait que les enfants jugeaient un homme à ce qu'il était présentement, devant eux. Les petits voyaient le passé comme une excuse barbante, contrairement aux adultes qui estimaient surtout le fané chez leurs pareils.

Répartis sur trois longues tables en bois, chacune supervisée par un adulte, ils reçurent la consigne de peindre leur vie. Nissan circula d'un dessin à l'autre, montra comment utiliser l'eau pour nourrir une couleur sans la noyer, tenir un pinceau et composer une scène. Les enfants travaillèrent dans un silence entrecoupé de souffles, de chuchotements et de claquements de lèvres. Beaucoup représentèrent des combats entre des hommes composés de bâtons et de cercles, qui se jetaient des boîtes à mèches rouges, parmi des bicoques enfumées et des femmes aux grandes bouches noires, flanquées de personnages lilliputiens. Les enfants se croquaient en êtres minuscules, parqués dans un recoin de leurs œuvres sans perspective. Une fillette peignit l'intérieur de sa maison emplie de gens de tous âges, aux vêtements multicolores.

– Tu es sûre que tout ce monde peut vivre là-dedans ?

La question de Nissan fit sursauter la fillette, qui le toisa.

– Ben oui, il y a mes parents, mes sœurs et les choses et les personnes qui me manquent. Il y a ma poupée de quand j'étais bébé, que je retrouve pas… grand-mère, qui est morte parce qu'elle était très vieille et mes frères, qui sont en prison.

– Et pourquoi ils sont en prison ?

– Parce qu'ils se sont battus.

Dorit s'inclina vers Nissan, murmura :

– Son plus jeune frère a pris un an pour caillassage et l'aîné cinq pour jet de cocktail Molotov. Ils ont dix-huit et vingt ans. Le témoignage d'un soldat de Tsahal a suffi à…

La fillette l'interrompit :

– C'est chouette de peindre avec les mains.

Elle dévoila ses paumes nervurées de bleu cobalt.

Nissan reprit son tour, prodigua des encouragements, demanda aux enfants ce qu'ils voulaient peindre et pourquoi ; les petits s'expliquaient facilement, passaient sans transition de la tristesse à l'exaltation, de la désinvolture à la gravité. Hussein fit signe à Nissan de le rejoindre. Impassible devant sa feuille, un petit garçon n'arrivait pas à peindre.

– Je sais pas dessiner, dit-il.

– Je vous ai montré un tableau de Picasso… *Les Baigneuses*… tu t'en souviens ? demanda Nissan.

– Ouais.

– Tu crois qu'il savait dessiner ?

Le petit garçon posa un doigt sur ses lèvres.

– Je sais pas…

Nissan tapa sur la table.

– Non, il savait pas, mais il avait la certitude que ce qu'il faisait était beau et important. Et tu dois te dire la même chose.

Le petit leva les yeux au ciel, suçota le manche de son pinceau puis ébaucha une carcasse de voiture marron, sans roues.

– C'est l'endroit où j'm'amuse, avec mes copains… notre fusée…

*

Les enfants de Jénine offrirent une toile à Nissan et Lisbeth, réalisée par eux tous, puis donnèrent une représentation du *Songe d'une nuit d'été* en leur honneur. Nissan et Lisbeth reçurent tant de cadeaux qu'ils durent en laisser chez Dorit.

Ils subirent l'attente au *checkpoint* puis un interrogatoire de deux heures et demie à l'aéroport, Nissan refusant de mentir sur son séjour à Jénine. On désossa leurs bagages, les inspecta. Après une fouille complète, ils furent questionnés à tour de rôle dans un petit bureau laid et malodorant par une jeune fille en uniforme, sous des abat-jour piquetés de chiures de mouches.

– Êtes-vous mariés ?

– Religieusement ?

– Avez-vous des enfants ?

– Où avez-vous séjourné ?

– Chez qui ?

– Son adresse ?

– Quel est le lieu de naissance de votre mère ?

– Parlez-vous arabe ?

– Quelle est la date de naissance de vos enfants ?

– Vous vivez ensemble ?

– Depuis combien de temps ?

– Quelle est votre adresse à Paris ?

Le supplice s'étira, les cadeaux des enfants de Jénine furent saisis à l'issue des interrogatoires, hormis la toile. Une fois libérés, Nissan et Lisbeth durent gagner la porte d'embarquement en courant pour ne pas manquer leur avion ; ils dormirent tout le vol, plongés dans un sommeil sans rêves, un évanouissement.

Sitôt en France, Nissan résolut d'échapper à l'agitation de Paris. Il y passa une nuit, salua ses fils au petit matin et prit la route pour la Bourgogne, malgré les protestations de Lisbeth. En chemin, il réalisa avoir oublié de rendre visite à Malka, manqué à la parole donnée à sa sœur. Ils avaient l'âge où chaque séparation pouvait être la dernière.

*

Il repoussa son tabouret et se posta devant son autoportrait. Le personnage albinos du tableau le scrutait d'un regard intouchable, immortel. Ses yeux recrus souriaient timidement, aussi petits que des étoiles vues de la Terre attendant que leur observateur pose un rêve sur elles.

Le soleil couvait sous les nuages, le monde d'après la pluie répandait une lumière dure, marbrée de vieux rose. Nissan trouva cela beau et se demanda comment l'univers pouvait survivre au chagrin des enfants de Jénine, comme il avait survécu à celui des gosses d'Hébron, d'Auschwitz, de Deir Yassin, de Tibérias, de Beyrouth, de Kishinev, de Kherson et d'Oleksandria.

Une pluie fine tomba. Nissan saisit son chevalet et son tableau, sans le regarder, de crainte d'y surprendre une faute, les rentra avec sa boîte à couleurs, ses pinceaux et sa palette.

Il se rendit sous un appentis attenant à la maison pour couper du bois. La hache lui parut excessivement lourde ; il manqua ses premiers coups, pela les quilles de hêtres au lieu de les fendre et recommença, jusqu'à réaliser le mouvement juste, danse avec soi où coulissaient les muscles et les os, sans pensée.

Le crachin se répandit entre ciel et terre puis l'averse crépita sur l'appentis, lâcha des gerbes translucides qui s'écoulèrent en gargouillis et en claquements. La chemise de Nissan collait à ses reins et à sa poitrine, la fragrance acide de la sueur se confondit avec celle de la campagne, mêlant ronces et bois vert. Il travaillait sans se préoccuper du déluge ni de l'avancement de sa tâche. Après la pluie, qui faiblirait quoi qu'il arrive, il irait à travers champs sur la terre essorée, marcher avec la même ardeur que le jour où il avait trouvé Aron assis contre un arbre, le visage serein et le crâne ouvert.

La lumière déclina, une nappe écarlate grossit au cœur des nuages, sur l'horizon, l'averse se tarit et les oiseaux chantèrent. C'en était fini du jour, les bois alentour formaient des à-plats noircis et les lucioles flottaient sur les champs, les haies et les bois, comme les sutures phosphorescentes de plaies invisibles. Nissan éleva la hache, passa le doigt sur son fil gauchi, serra son manche grisé par les poignes et la planta dans le tronc d'un bouleau.

Il s'était lassé de peindre, satisfait pour un temps, mais la grâce ne durerait pas, il le savait. La nuit était tombée, seule une étrange clarté pourpre et cendre survivait à l'ouest ; le soleil achevait de rentrer sous terre. Nissan frissonna, ne s'expliquait toujours pas pourquoi il avait refusé de tirer sur le vieil Arabe, ni pourquoi, alors qu'il aurait pu obéir aux siens, il restait incapable de regretter le moindre de ses actes. Cette nuit encore, il rêverait de ce que sa vie aurait été s'il avait tiré cette fois-là ; il rêverait de cette existence toute proche, cachée juste de l'autre côté du temps.

REMERCIEMENTS

Ce roman est l'aboutissement de longues années de travail et il n'aurait pas pu voir le jour si je n'avais pas reçu le soutien de plusieurs personnes que je tiens à remercier ici :

– Mes parents, mes fils et ma compagne, Anaï, pour leur appui inconditionnel.

– Hedwig Rilov et ses fils, Fiodor ainsi que Kostya, qui m'ont accordé toute leur confiance et leur bienveillance.

– Udi Adiv et le regretté Maurice Rajsfus, pour le temps qu'ils m'ont accordé.

– Maxime Crupaux, avec qui j'ai notamment créé la série *De grâce*.

– Julien Delorme.

– Julien Kobana.

– Marie-Pierre Gracedieu, Adrien Servières, Sergey Belikov et toute l'équipe de ma maison d'édition.

BIBLIOGRAPHIE INDICATIVE

Voici une liste d'ouvrages – non exhaustive – qui m'ont permis de me documenter :

- Chaïm Bialik, « La ville du massacre », dans *Anthologie de la poésie yiddish : le miroir d'un peuple* (collectif), traduction de Charles Dobzynski, Éditions Gallimard, coll. « Poésies », 2000.
- John Bierman et Colin Smith, *Fire in the Night: Wingate of Burma, Ethiopia, and Zion*, Random House Inc, 2000.
- Mikhaïl Boulgakov, *La Garde blanche*, traduction de Claude Ligny, Éditions Pocket, 2003.
- Mahmoud Darwich, *La terre nous est étroite et autres poèmes*, traduction d'Elias Sanbar, Éditions Gallimard, coll. « Poésies », 2000.
- Theodor Herzl et Claude Klein, *L'État des juifs*, suivi de *Essai sur le sionisme : de l'État des Juifs à l'État d'Israël*, traduction de Claude Klein, Éditions La Découverte, 2008.

– Walter Laqueur, *Histoire du sionisme*, traduction de Michel Carrière, 2 tomes, Éditions Gallimard, 1994.
– Martin Malia, *La Tragédie soviétique. Histoire du socialisme en Russie (1917-1991)*, traduction de Jean-Pierre Bardos, Éditions du Seuil, coll. « Points Histoire », 1994.
– Benny Morris, *Victimes, histoire revisitée du conflit arabo-sioniste*, traduction d'Agnès Dufour et de Jean-Michel Goffinet, Éditions Complexe, 2003.
– Amos Oz, *Une histoire d'amour et de sang*, traduction de Sylvie Cohen, Éditions Gallimard, coll. « Folio », 2005.
– Maurice Rajsfus, *Retours d'Israël*, Éditions L'Harmattan, 2004.
– Shlomo Sand, *Comment le peuple juif fut inventé : de la Bible au sionisme*, traduction de Sivan Cohen-Wiesenfeld et Levana Frenk, Éditions Flammarion, 2008.
– Tom Segev, *C'était en Palestine au temps des coquelicots*, traduction de Katherine Werchowski, Éditions Liana Levi, 2000.
– Meir Shalev, *Que la terre se souvienne*, traduction d'Arlette Pierrot, Éditions Albin Michel, 1990.
– Zeev Sternhell, *Aux origines d'Israël*, traduction de Georges Bensimhon, Éditions Gallimard, coll. « Folio Histoire », 2004.
– Shabtai Teveth, *Moshe Dayan, the Fighter, the Man, the Legend*, traduction de Leah et David Zinder, Éditions A Dell Book, 1974.

– Ahuva Yoktan, *Je suis née avec Israël*, propos recueillis par Raymond Darolle, Éditions Presses de la cité, 1973.

CATALOGUE

Sylvia Aguilar Zéleny
Poubelle
Traduit de l'espagnol (Mexique) par Julia Chardavoine
Le livre d'Aïcha
Traduit de l'espagnol (Mexique) par Julia Chardavoine

Mohammed Alnaas
Du pain sur la table de l'oncle Milad
Traduit de l'arabe (Libye) par Sarah Rolfo

Anuk Arudpragasam
Un passage vers le Nord
Traduit de l'anglais (Sri Lanka) par Dominique Vitalyos

Christian Astolfi
De notre monde emporté
L'œil de la perdrix

Rémi Baille
Les enfants de la crique

Hanna Bervoets
Les choses que nous avons vues
Traduit du néerlandais par Noëlle Michel

L'expérience Helena
Traduit du néerlandais par Anne-Laure Vignaux

Xavier Bouvet
Le bateau blanc

Mattia Corrente
La fugue d'Anna
Traduit de l'italien par Jacques Van Schoor

Fabio Fiori
Le souffle de la Méditerranée – Voyages et légendes
Traduit de l'italien par Sofia Gérard

Ia Genberg
Les détails
Traduit du suédois par Anna Postel

Paolo Giordano
Tasmania
Traduit de l'italien par Nathalie Bauer

Jan Grue
Ma vie ressemble à la vôtre
Traduit du norvégien par Marina Heide

Anna Hope
Le Rocher blanc
Traduit de l'anglais par Élodie Leplat

Siân Hughes
Perle
Traduit de l'anglais par Valentine Leÿs

Alice Kaplan
Maison Atlas
Traduit de l'américain par Patrick Hersant
Baya ou le grand vernissage
Traduit de l'américain par Patrick Hersant

Marion Lejeune
L'escale

Philippe Manevy
La colline qui travaille

Semezdin Mehmedinović
Le matin où j'aurais dû mourir
Traduit du bosnien par Chloé Billon
Sarajevo Blues
Traduit du bosnien par Chloé Billon

Noëlle Michel
Demain les ombres

Touhfat Mouhtare
Le Feu du Milieu

Sara Mychkine
De minuit à minuit

Maude Nepveu-Villeneuve
Après Céleste
La remontée

Aslak Nore
Le Cimetière de la mer
Traduit du norvégien par Loup-Maëlle Besançon
Les héritiers de l'Arctique
Traduit du norvégien par Loup-Maëlle Besançon

Boris Pétric
Château Pékin

Stine Pilgaard
Le pays des phrases courtes
Traduit du danois par Catherine Renaud
Les monologues d'un hippocampe
Traduit du danois par Catherine Renaud

Anne Sénès
Chambre double

Navid Sinaki
Les larmes rouges sur la façade
Traduit de l'américain par Sarah Gurcel

Michèle Standjofski
Mona Corona

Juan Tallón
Chef-d'œuvre
Traduit de l'espagnol par Anne Plantagenet

Akos Verboczy
La maison de mon père

Lisa Weeda
Le palais des Cosaques perdus
Traduit du néerlandais par Emmanuelle Tardif

Pour en savoir plus sur nos publications
et suivre notre actualité,
vous pouvez consulter notre site Internet
www.lebruitdumonde.com

Ouvrage réalisé par Nord Compo à Villeneuve-d'Ascq

Achevé d'imprimer par
Normandie Roto Impression s.a.s.
N° d'édition : M01037/01
N° d'impression : 2405497

Imprimé en France